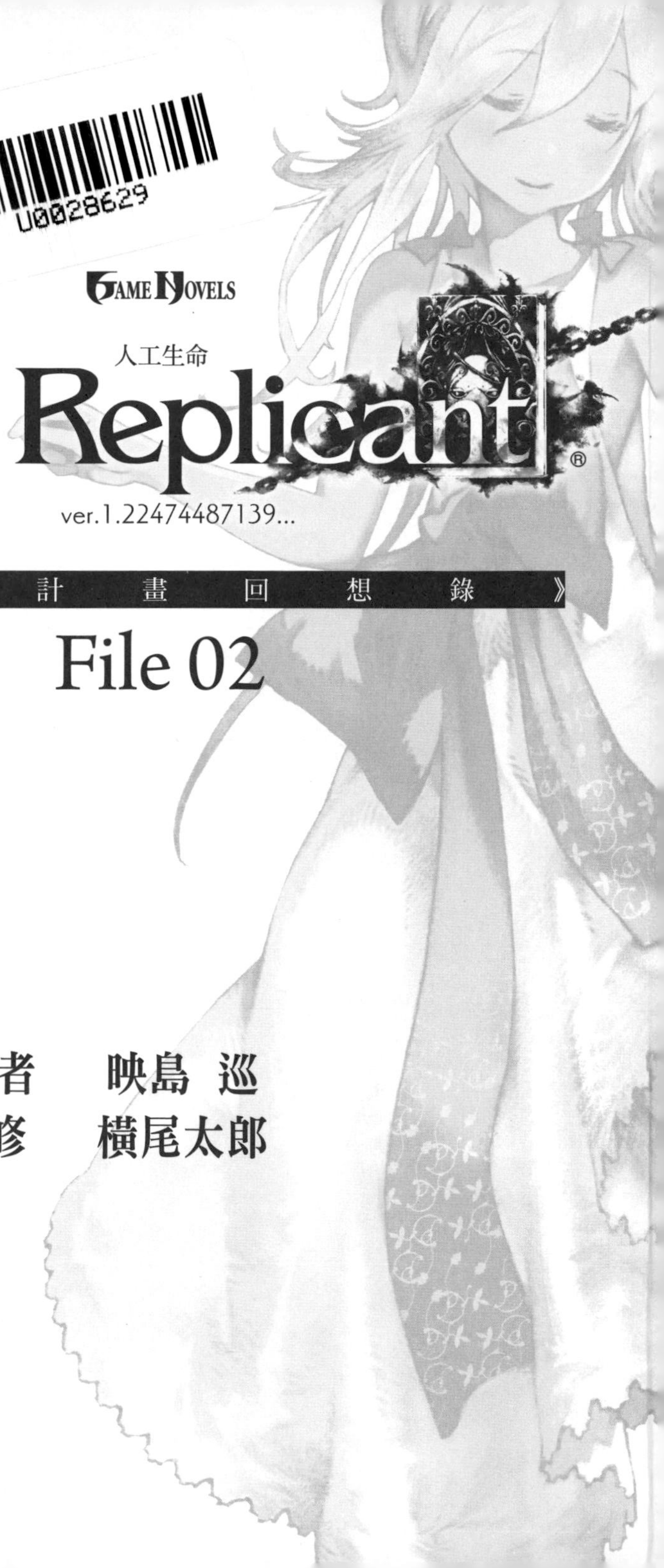

GAME NOVELS

人工生命

NieR Replicant®

ver.1.22474487139...

《型態計畫回想錄》

File 02

作者　映島 巡
監修　橫尾太郎

CONTENTS

本書是針對 2017 年出版的

NieR RepliCant Recollection

《型態計畫回憶錄》

進行大幅加筆、修正後，字數增加為兩倍的升級版。

本書與

《尼爾：人工生命 ver.1.22...

完全導讀手冊＋設定資料集

GRIMOIRE NieR：Revised Edition》收錄的短篇，

內容有些許重複。

〔報告書 09〕

出乎意料的事態接連發生，迫使我們忙著採取應對措施。其中最令人頭痛的是，我們在實驗兵器七號和被魔物附身的女性的待遇這方面，和尼爾意見相左。

身為保護村莊的人，我們必須盡快排除可能引發爭執的因素。因為人類恐懼的對象，經常是「異質」及「未知」。而人類的恐懼，往往會轉變為殺意及暴力。而且相當容易。所以，我禁止七號及魔物附身進出村莊。我認為這個判斷沒有問題。

不過，沒想到尼爾會那麼激動。我至今依然無法理解，是什麼原因觸怒了尼爾。長久以來，我們始終跟尼爾維持良好的關係。尼爾從未對我們的做法提出異議過。我以為這次他也會跟以往一樣坦然接受。

幸好七號跟被魔物附身的女人很清楚自己的身分。多虧他們承諾不會進出村子，這起事件才得以平安落幕。尼爾似乎還在生氣，但當事人都表示不介意了，他也不方便再多說什麼吧。尼爾板著臉回到家中。

不巧的是，不久前，我們查到了這麼久以來一直下落不明的魔王身在何處。這五年來，魔王就潛伏在附近（我想起「遠在天邊，近在眼前」這句古老的成語）。其實我很想馬上告訴尼爾這個情報……沒想到會先跟他發生衝突。

先觀察四、五天情況，再去跟尼爾說好了。就算他還在生我們的氣，只要提到「魔王的所在地」，尼爾應該至少會願意聽。為了奪回心愛的妹妹悠娜。

趁我還沒有寫太長，結束這次的近況報告。完畢。

（記錄者·迪瓦菈）

補充：隔天，尼爾主動跟我們和解。拜其所賜，波波菈順利按照當初的計畫，將魔王城的情報告知尼爾。但他對我們的不信任感，很難說徹底消弭了。尼爾那種態度前所未見，因此我有點不安。

NieR:RepliCant
ver.1.22474487139...
《型態計畫回想錄》
File01

青年之章 2

1

從波波菈口中得知魔王的位置，尼爾有點難以置信。他不禁懷疑是否有什麼誤會。

五年。這些歲月，他找不到任何線索，日夜心急如焚。而且，波波菈接下來說出的地點更令人意外。石之神殿。

「是我原本在的地方對吧？」

白書說道，波波菈點頭肯定。

「魔王的所在地，似乎跟石之神殿連接在一起。」

「哈。遠在天邊，近在眼前嗎？」

尼爾聽了，總算覺得波波菈說的話開始帶有真實感。的確，他們一直在往遠處找，從來沒想過搜索村莊附近。魔王飛向天際的模樣深深烙印在眼裡，導致尼爾擅自斷定魔王去了遠方。

難怪怎麼找都找不到，他根本沒靠近過石之神殿。

「可是，通往神殿的橋不是堵住了嗎？」

他之所以沒探索石之神殿，不只是因為覺得魔王不在那裡。通往神殿的道路本來就過不去。然而，波波菈連解決方案都幫忙想好了。
「搭船去就好。」
「咦？船？」
「拖了這麼久，水路總算整修好了。」
聽見貿易用水路，尼爾想了起來。很久以前有過要整修貿易用水路的計畫。尼爾得知這個消息……是在五年前。
「我有事先拜託船長，請他開到石之神殿後方的路。只要跟他說一聲，應該會讓你免費搭船。」
波波菈補上一句「這樣在城市之間移動也會比較輕鬆」。五年前聽說這件事後，波波菈從來沒提過整修進度，或許是出於貼心，才刻意等到工程結束再告訴尼爾，以免他空歡喜一場。
謝謝妳，尼爾低頭道謝。
「我一直受到波波菈小姐的照顧，真的很感謝妳。」
到頭來，要是沒有迪瓦菈和波波菈的協助，自己什麼事都做不到。這樣講是有點太誇張，不過狀況肯定會比現在更加惡劣，前方的道路布滿荊棘。只有這一點可以確定。

尼爾立刻前往村裡的小碼頭，在那裡看見意想不到的人物。

「嗨。好久不見。記得我嗎？」

老實說，尼爾對男子的長相沒什麼印象。不過看見對方身上的紅色包包，尼爾一眼就認出了他是誰。

「你是海岸鎮的……」

「你記得啊。我好高興。」

吵架夫妻——這句話他當然沒說出口。可是，白書輕易地讓尼爾的顧慮付諸流水。

「吵架夫妻的其中一個啊。你怎麼在這？」

「在那之後，我一直在修水路，工作成果得到肯定，當上了船長。」

「好厲害，恭喜你。」

「謝謝。」

這麼說來，這五年都沒在海岸鎮看過揹紅色包包的男子，原來是因為他在鎮外整修水路。尼爾解開了疑惑。

「雖然因為變忙的關係，一天到晚跟太太吵架……」

看來過了五年，吵架夫妻依然是吵架夫妻。

「來，上船吧。只要告訴我想去哪裡，我可以送你過去。」

「我想去石之神殿，聽說可以經由水路過去。」

「對啊，神殿後面有能停船的地方。」

踩上船舷時，尼爾有點緊張。或許是因為從懂事的時候起，大人就反覆叮嚀他「小心不要跌進水路」。船這種交通工具，他在面具城坐沙船坐習慣了，不過在水上晃動的感覺還是有差。

等尼爾坐下，船隻便開始航行。揹紅色包包的船長熟練地划槳。身為海岸鎮的居民，他應該很擅長划船。

「到村外的時候可不可以停一下？」

「忘記帶東西了？」

「我想跟同伴會合。方便嗎？」

「當然沒問題。」

提出這個要求時，昨晚跟迪瓦菈與波波菈的對話浮現腦海。她們希望凱寧和艾米爾不要進出村子，尼爾非常憤怒。

五年前，要不是因為凱寧自己選擇變成石頭，村子早就滅亡了，肯定一個人都活不下來。他和迪瓦菈、波波菈、村裡的居民，都被凱寧的犧牲跟艾米爾的石化能力所拯救。事到如今竟然叫恩人離開村子，未免太自私了。

『希望你們體諒。要是引起糾紛，到時害到的會是你們自己。』

失去人類外貌的人，以及體內寄宿著非人之物的人。就因為這種原因，有不少村民害怕兩人。這理由也同樣自私。

然而，對那自私的理由表示理解，制止憤怒的尼爾的，不是別人，正是艾米爾。

『因為，我們這副模樣……大家會怕吧。沒關係的。我們可以睡在外面。』

凱寧也回答「我比較習慣睡外面」。「習慣」一詞，在尼爾腦中跟「一個人比較輕鬆」這句話重疊在一起。從他們認識的時候起，凱寧就一直不肯踏進村內。現在他終於明白「輕鬆」的理由。

凱寧很清楚，有人會因為「魔物附在身上」這麼簡單的原因就厭惡她……

紅色包包船長也會害怕、排擠艾米爾和凱寧嗎？若是如此，再怎麼安全他都不會搭船。想移動到石之神殿時，大概也得思考其他手段。

尼爾心存戒心，但紅色包包船長不僅沒有大吵大鬧，也沒有畏懼兩人。只是在看見艾米爾的瞬間睜大眼睛。尼爾向他介紹「這是我的夥伴」時，他已經恢復成平常的表情。

艾米爾低頭說道「請多關照」時，他甚至伸手對他說「我才要請你多多關照」。反而是艾米爾略顯困惑地回握他的手。

「會引起糾紛」這個說法果然是錯的。不是人人都會討厭異樣或未知的存在。

即使剛開始會感到驚訝及困惑，一定會有人願意努力接納他們。只是尼爾住的村子裡很少那樣的人罷了。

船隻順暢地於水路上航行。風平浪靜，天氣晴朗，移動過程相當舒適。不會被魔物襲擊，也不用擔心遇到野生動物。不久後，船長將船停在洞窟前方的停泊處。

走下船一看，好像在哪看過同樣的風景。尼爾環視周遭，看見岩山的形狀，發現這裡是北方平原的邊緣。他來這條河釣過好幾次魚。只是因為沒有架設橋梁，他從未想過要到對岸看看。

「石之神殿在這座洞窟外面。」

「繼續向前就是魔王城嗎……」

附近的景色優美到必須刻意說出口才有真實感。這時，尼爾想起來了。對岸經常有魔物出沒，不過只要將牠們驅逐殆盡，綿羊和山羊就不會出現。在這裡釣魚，對他而言是不錯的消遣。

「路上小心。」

一行人在紅色包包船長的目送下踏進洞窟。穿過面積並不大的洞窟後，看見聳立於面前的石之神殿。由於神殿周圍以護城河圍住，前面架著一座長長的木橋。木橋毀損得很嚴重，或許是因為現在沒人在用了。

走過木橋，前方是神殿的外牆，上頭掛著跟木橋同樣老舊的梯子。一行人爬上長得令人不耐煩的梯子後，終於站上露天的走道。這條走道同樣老舊。尼爾謹慎前行，以免不小心踩破木板，凱寧則毫不介意，大步走在上面。

「凱寧姊！不要自己先走啦！」

啊啊——她走掉了。艾米爾嘆了口氣。凱寧很沒耐性，經常一個人愈走愈遠，或者跟他們走散。可是艾米爾加入後，她擅自行動的頻率減少了……的感覺，是錯覺嗎？

「啊，找到了！凱寧姊！」

不是錯覺。凱寧停在前方不遠處，大概是在等尼爾他們追上來。飄在白書旁邊的艾米爾在空中滑行，飛向凱寧。

艾米爾有腳，移動方式卻跟白書一樣是在空中飛。變成那副模樣後，尼爾從來沒看過他用腳走路。飄在空中的期間要一直消耗魔力，因此尼爾曾經問過他會不會累。他想到之前白書說過「用飛的也會累喔」。

不過，艾米爾說用自己的腳走路更累。重點是高處便於觀察周遭，能夠盡快察覺危機，這樣比較令人安心。

我想盡量防止大家遇到危險——聽見這句話時，尼爾覺得這應該才是真正的理由。不是累不累的問題，而是出於想守護同伴的心情。

走在前面，停下來等他們的凱寧，以及從高處觀察四周的艾米爾。兩人都是溫柔的同伴，然而……

「凱寧、艾米爾，我今晚開始也睡在外面。」

「為什麼……？」

「我還是覺得，只有你們不能進村怎麼想都很奇怪。太不自然了。」

看見紅色包包船長把凱寧和艾米爾當成一般人對待，這種感受愈來愈強烈。若要說是因為他住在海岸鎮，慣於接觸新事物和奇特的事物，確實是這樣沒錯。但反過來說，沒機會接觸新事物和奇特的事物，不代表可以排斥他們。

「是抗議運動呢。」

艾米爾一副「原來如此」的語氣，凱寧則冷淡地說：「勸你不要。」

「可是繼續讓你們睡外面，我心裡不好受……」

「那麼，尼爾哥的心意我們就感激地收下了。」

經艾米爾這麼一說，尼爾猛然驚覺。自己才是自我中心的那個人吧？心裡不好受的人是「我」，不是艾米爾和凱寧……

「尼爾哥不習慣露宿，萬一生病就糟了。」

艾米爾像在勸導他似的，補充道「在這麼重要的時期」。他想表達的意思是，好不容易查明魔王的所在地了。

艾米爾知道，這五年來，尼爾一直在拚命尋找魔王。不僅如此，五年前悠娜被抓走的時候他也在場，因此他知道魔王及黑書有多麼強大。

敵人可沒弱到突然跑過去，兩三下就能打倒他們回來。八成會被迫撤退一、兩次，說不定還得花時間強化武器、換新裝備。艾米爾讓尼爾想起，就算只是感冒，都可能害他小命不保。

大概是發現尼爾陷入沉默了，艾米爾開朗地接著說：

「而且，我還滿喜歡跟凱寧姊一起睡外面的。」

「就是這樣，少來礙事。」

兩人這番話，使尼爾感覺到希望他別放在心上的心意。原本想關心夥伴，結果反而是自己受到夥伴的關懷。尼爾還沒幼稚到不明白這個事實。

2

「你們知道魔王城的入口在哪嗎？」

凱寧之所以這麼問，是因為尼爾跟白書前進的方式，彷彿早就知道目的地位於何方。神殿內部的牆壁及樓梯都已經崩塌，構造十分複雜。凱寧走到一半就迷失方向。雖說尼爾五年前來過一次，他的步伐未免太果斷了。

「在小白以前沉睡的房間。可疑的地點只有那裡。」

尼爾說，屋頂有個房間設置了感覺有特殊用途的祭壇，以前有兩隻大型魔物在那裡守護白書。

「我現在覺得，那兩隻魔物守護的說不定不只小白。當時我的目的是帶悠娜回去，所以沒有仔細調查祭壇周圍。」

「說到價值足以跟我相比的事物，只可能是魔王城的入口。」

先把白書的意見放在一旁，祭壇聽起來確實有蹊蹺，而且好像還設置了防止他人侵入祭壇的結界。

「小嘍囉比五年前更多了。」

尼爾咕噥著砍倒魔物。小型魔物充滿狹窄的室內，互相推擠。

『終於可以見血了！很高興吧？對不對，凱寧！』

每當杜蘭滔滔不絕地說話，左半身都會傳來令人不快的感覺。石化了這麼多年，他應該很想大鬧一場。凱寧在內心罵道「閉嘴」，踹飛一群小嘍囉魔物。

不過再怎麼踹，再怎麼砍，魔物都會站起來逼近一行人。嚷嚷著叫他們回去，僅此而已。力氣小，也無法使出強大的攻擊，連走路都搖搖晃晃，根本是來送死的。

既然有那個腦袋說出「滾回去」這句話，魔物應該知道一旦接近他們，只能任人宰割。為何不逃跑？

「牠們的動作似乎跟一般的魔物不一樣。」

看來白書也跟凱寧有同樣的疑惑。這時，杜蘭突然喃喃說道——應該不是在回答這個問題就對了。

『對了，我曾經聽說過，有個地方聚集了不完整的魔物。』

不完整？聚集身體機能有缺陷的魔物的地方？就是這裡嗎？到底為什麼會有這樣的場所？

『誰知道。只要能盡情殺戮，把牠們殺光就夠了。』

問牠真是浪費時間。不對，是選擇問杜蘭的自己有問題。只會散播殺意及惡意的傢伙，是能回答什麼？

回去、回去、不可以、不可以——弱小魔物大叫著。就算牠們不出聲，黑色物體在狹窄房間內推擠的模樣就夠煩了，現在還要聽牠們大吵大鬧，凱寧焦躁到了極點。

『所以要把牠們通通殺光！這樣就安靜囉？對吧？』

正是如此，但要贊同這傢伙令人不悅。凱寧無視杜蘭，一味地揮劍。

愈往上層接近，小嘍囉的聲音就愈大。凱寧知道弱小的牠們在以自己的方式努力抵抗。不准過去、保護、重要……聲音斷斷續續傳入耳中。她告訴自己，這只是普通的聲音。沒有意義。是無意義的聲音。

總之到屋頂去，快到屋頂，有陽光的地方魔物就出不來。凱寧一心想著這件事，爬上梯子，在露天通道上狂奔。

然而，屋頂也有一群魔物。那些傢伙潛伏在陽光照不到的地方，例如陰影處或半垮的牆壁的縫隙間。其中還有戴著斗笠擋住陽光的種類。

「解決掉牠們！」

凱寧跟在尼爾後面砍殺魔物。這扇門後面果然就是目的地。尼爾聽不見，但凱寧聽得一清二楚，這群小嘍囉想要保護什麼。

殲滅弱小魔物後，尼爾推開門。對凱寧來說，是從未涉足的地方。房間的深度出乎意料，天花板很高。

『……有了。』

杜蘭高興地說。聽他的語氣，彷彿正在舔舌頭。但杜蘭當然沒有舌頭，所以這僅僅是凱寧的想像。

感覺得到強大魔物的氣息，與小嘍囉截然不同。凱寧一面戒備周遭，一面尋找氣息的來源。意識到氣息來自上方的同時，如同地鳴的聲響傳來。走在前面的尼爾停下腳步，仰望天花板。這時，天花板崩塌了。凱寧還以為掉下來的是一塊巨大的岩石。

「這傢伙……原來還活著！」

是尼爾跟白書五年前打倒的兩隻魔物的其中一隻。外表是石像，卻是如假包換的魔物。如尼爾所說，魔物少了一隻手臂。此外——尼爾不知道就是了——牠名為格雷特。弱小魔物吐出的話語中，有那個名字。

「這次一定要殺掉你！」

尼爾一拔劍，就冒出一群弱小魔物。

『別對牠們出手！』

格雷特對尼爾大叫。尼爾當然聽不懂。在他耳中，應該只是魔物在發出不悅的低吼。尼爾揮舞大劍的動作，沒有一絲躊躇。

不停叫著「不可以」湧上來的弱小魔物群，瞬間化為塵土。不過，牠們依然源源不絕地冒出。

『住手！你們對付不了他們的！這裡由我來……』

弱小魔物不顧格雷特的制止，拚命向前衝。不曉得牠們是智商不足以理解現狀，還是明知自身的處境，仍然想要保護格雷特。

白書制止了想要繼續前進的尼爾。

「魔物不能照到陽光！把牠們引過來！」

仔細一看，明亮的陽光從格雷特撞破的天花板灑落。

『到後面去！不能去那裡！』

格雷特驚慌失措地大叫，牠似乎發現白書的意圖了。然而，弱小魔物還是聽不進去。黑色身軀接連跑到陽光下。牠們立刻像融化一樣消失不見。跟穿著石甲的格雷特不同，弱小魔物沒有抵擋陽光的手段。

『不可以……你們幾個……！』

格雷特放聲咆哮。儘管如此，弱小魔物還是沒有停下。

「那個石像就是頭目！是牠在操縱小嘍囉！」

在尼爾眼中，想必怎麼看都是這個情況。白書跟艾米爾也是。

『我怎麼可能是頭目！是我在依賴大家！得到救贖的人是我！』

凱寧睜大眼睛。格雷特聽得懂白書和尼爾說的話。人類聽不懂魔物的語言，魔物卻能理解人類的語言……殺死祖母的魔物確實很享受祖母跟凱寧的對話。本以為牠喜歡的是人類悲痛的表情和痛苦的聲音，其實牠連對話內容都聽得懂。

沒錯，正因為聽得懂人類的語言，才有辦法對凱寧施展奇怪的法術，假扮成祖母。那傢伙在理解一切的前提下虐殺祖母，玩弄凱寧對祖母的思念。光是想到這一點，就覺得怒火中燒。

那傢伙跟眼前的格雷特一樣是魔物，凱寧難以理解這個事實。

『白書被搶走，漢塞爾被殺掉，我本來以為我的存在已經沒有意義……是因為有你們在……是因為能與你們交談，我才得到了救贖。我想跟你們一起活下去！』

杜蘭的大笑聲，蓋過格雷特的聲音。

『太感人了！太可笑了！』

刺耳的聲音帶來的不悅感，以及可以不用繼續聽格雷特說下去的安心感，於凱寧心中交錯。她不希望杜蘭察覺到，使勁揮下雙劍。

「廢物還敢一直冒出來！」

她大聲吆喝，以蓋過杜蘭的聲音及格雷特的聲音。格雷特不死心地吶喊：

『別對我的同伴出手！』

格雷特舉起分不清是斧頭還是長槍的武器，尼爾召喚的魔法拳頭砸向牠，不過被格雷特擋了開來。揮動巨大武器的時候會露出破綻。凱寧從武器底下鑽過去，一口氣跟格雷特拉近距離。

兩把劍同時舉起。凱寧憑藉魔物的力量，而非人類的臂力，砍飛格雷特。穿著石甲的巨大身軀飛上空中。尼爾迅速揮下大劍。體積龐大的格雷特重重摔在石頭地板上。牠一動也不動，或許是自身的重量及堅硬的地板造成的攻擊，比想像中更為強烈。

「成功了嗎？」

格雷特像要拒絕白書這句話似地大吼。

『住手……！牠們是……我的……！』

牠趴在地上掙扎，拿武器撐著身體站起來。
『我的，夥伴……！』
格雷特開始瘋狂破壞。不是反擊，只是在四處破壞。牠已經遍體鱗傷，大概連尼爾和凱寧在哪裡、自己在往哪個地方移動，都完全搞不清楚了。
『有夠難纏的！那傢伙還真努力！』
「可惡！」
凱寧對格雷特射出魔法。牠的動作太快，不好用劍解決。
「可惡！可惡！可惡！」
得趕快殺了牠。不想再讓牠繼續廢話。不想再……聽下去了。
『喂，妳該不會在同情那個大傢伙吧？』
少囉嗦！關你屁事！
凱寧只是不斷發射魔法。腦袋放空，好讓自己什麼都不去想，好讓杜蘭不去探究自己的想法……
『我們已經無法回頭了。』
杜蘭的語氣是前所未有的平靜。
『只能追求鮮血，埋頭殺戮。』
這種事……我很清楚。

『我們只剩戰鬥這條路可走。妳說對吧？』

我明白。這雙手僅僅是為了殺掉魔物而存在。幫祖母報仇後，要為尼爾繼續殺死魔物。她早已下定決心。可是……

武器互相撞擊的尖銳聲響傳入耳中。凱寧清楚聽見呼喚自己的聲音。回過神的瞬間，她看到有東西射向自己。

「凱寧姊！」

有東西用力撞上自己。

『妳在搞什麼鬼！』

聽見杜蘭憤怒的聲音，她意識到自己沒有閃過攻擊。發現格雷特的武器深深刺進胸口，視野突然傾斜，身體摔在地上。下一刻，劇痛襲來。

無法呼吸，一根手指都動不了，更遑論起身。戰鬥尚未結束。非得站起來的焦急心情迅速消散。

『快動……快動……』

凱寧瞬間以為這是自己的聲音。模糊的視野一隅，看得見格雷特的身影。噢，原來是格雷特的聲音——她愣愣地心想。

『快點動啊……這隻手臂！』

格雷特倒在地上怒吼。受了那麼重的傷，牠似乎仍未喪失鬥志，而她又在做什麼呢？

『有缺陷的……我們……因為有同伴……才能變完整。』

那傢伙在說什麼？

『就算遭受輕視，遭受嘲笑，遭受踐踏……牠們還是並肩而行，互相彌補彼此的不足之處，一路走過來……』

聽得見牠在說話，卻不明白其中的意思。

『不要妨礙……那些傢伙生存……！』

凱寧聽見艾米爾在說「快給牠最後一擊」。格雷特倒了下來。牠好像不知道在什麼時候又站起來了。不過，再也聽不見牠的聲音。

「沒事吧!?凱寧！我現在就幫妳治療。」

尼爾的聲音遠去，眼前一片黑暗，只聽見杜蘭的笑聲。糟糕，這樣下去，身體會被杜蘭搶走。被這個宛如殺意凝聚物的魔物。

她想叫大家快逃，卻發不出聲音。

『凱寧！妳也要完蛋啦！』

黑暗伴隨杜蘭得意的聲音降臨。

3

「這是什麼!?」

率先驚呼的是白書。尼爾連出聲都忘了，艾米爾恐怕也是。眼前的畫面就是如此難以置信。

凱寧身上浮現黑色的文字。跟黑文病患者悠娜的四肢出現的文字有幾分相似。像歸像，悠娜的症狀是疾病導致的，因此感覺不到魔物的氣息。這是決定性的差異。

凱寧身上出現的文字，散發強烈的魔物氣息蠢動著，遍布全身。最後失去形狀，變成單純的黑霧。黑霧愈來愈濃，將凱寧染成黑色。

尼爾感覺到驚人的力量，貫穿凱寧胸膛的武器跟糖果一樣融解。在他心想「情況不妙」時，身體飄上了空中。背部及後腦杓的衝擊，告訴他自己被震飛了。站不起來，頭好暈，因為他摔在了石頭地上。

尼爾費了好一番力氣才站起來，雙眼還無法對焦。凱寧身在模糊視野中的一角。曾經是凱寧的存在。

擁有凱寧的輪廓，手持凱寧的雙劍，發出不屬於凱寧的低吼聲的魔物。四肢的關節往不自然的方向扭曲，發光的雙眼如同黑暗中的野獸。暗紅色的光。

「凱寧姊體內的魔物……」

艾米爾的話只講到一半。應該是不想再說下去。附身在凱寧身上的魔物失控了，終於將凱寧吞噬。

即使會暴露在好奇的視線下，即使會被批評缺乏常識，凱寧依舊只穿著內衣生活，是為了阻止身體遭到魔物侵蝕。魔物不能照到陽光。不管是隨處可見的魔物，還是附在人類身上的魔物，只有這一點不會改變。魔物無法持續存在於始終暴露在陽光下的皮膚底下。

另一方面，凱寧在左半身纏上繃帶，刻意遮住陽光。想阻止魔物侵蝕身體，又想利用魔物的力量。若想維持超乎常人的身體能力，就得將魔物養在體內。

增加肌膚的露出度抑制魔物，用繃帶纏住身體，創造魔物的棲身之處。凱寧設法維持這個危險的平衡，與魔物共存至今。然而，那個平衡於此刻遭到破壞。

化為魔物的凱寧跳到異常的高度，跟蜥蜴一樣貼在牆上。胸前的傷口消失得不留痕跡。尼爾一直在跟凱寧並肩作戰，所以多少聽過一些，但親眼看到魔物的運動能力及再生能力，還是覺得很驚人。

「小白，怎麼辦……」

貼在牆上的凱寧，降下暴雨般的魔法攻擊。不是凱寧平常用的魔法，是跟魔物一樣的魔法攻擊。

「那個位置根本打不中！先擊落她再說！」

尼爾發射魔力長槍。不過要同時閃避凱寧的攻擊，實在不好瞄準。

「讓我來！」

艾米爾在空中移動，接近凱寧。

「凱寧姊！請妳清醒過來！」

尼爾趁凱寧的注意力分散到艾米爾的魔法攻擊上時射出長槍，凱寧發出如同野獸的聲音墜落。

「趁現在！用魔法彈壓制她！別用劍！」

應對方式跟艾米爾差點被六號吞噬時一樣。一面發射魔法彈，一面接近凱寧。

然而，這種程度抑制不了魔物的力量。漆黑身軀剛站起來，就跳到了牆壁上。

「艾米爾！危險！快退下！」

尼爾一面大叫，一面保護艾米爾不被凱寧跳躍時使用的魔法擊中。

「不要！請讓我來！」

艾米爾從來沒有這麼頑固過。

「別擔心。憑姊姊的魔力，一定做得到！」

他飛向不斷發射魔法的凱寧。凱寧跳得比上一次低，或許是受了一些傷的關係。這個位置的話，魔法手臂勉強搆得到。即使搆不到，說不定至少能讓她從艾米爾身上轉移注意力。尼爾朝牆上的凱寧揮出魔力拳頭。

「聽天由命了！」

艾米爾一口氣拉近距離，舉起手杖。凱寧的魔法跟艾米爾的魔法激烈衝突。這一幕證明了附身在凱寧身上的魔物，擁有能與究極兵器抗衡的力量。

「支援他！」

用不著白書提醒。若是現在，有辦法瞄準她。尼爾祈禱著希望能多少幫上艾米爾，射出魔力長槍。

長槍刺中凱寧的下一刻，艾米爾的魔法終於彈開凱寧的魔法。凱寧再度墜落。

「凱寧姊！請妳回來吧！」

尼爾將魔法彈全數射出，壓制凱寧。艾米爾舉起手杖，對著抵抗他的力量再次射出魔法彈。閃光灼燒雙眼，巨響奪走聽覺。

「……哎呀呀。」

一陣靜寂後，最先聽見的是白書的聲音。

魔物的顏色從凱寧的全身消失，黑霧重新回到繃帶底下，凱寧卻仍未清醒。

這段期間，艾米爾不停呼喚她的名字。跟在村裡的圖書館，凱寧剛解除石化的時候一樣，拚命呼喚。他的聲音不可能傳達不到。不久後，凱寧微微睜開雙眼。

「凱寧姊！」

可是，凱寧神情憂鬱。

「我沒能控制住力量……」

化為漆黑魔物的期間，凱寧是否保有自身的意識？若有，她一定很難受。不對，無論有沒有意識，她的身體被魔物占據，攻擊了夥伴。光這個事實，就會讓凱寧忍不住責備自己吧。

「我已經，不能再跟你們……」

在一起了——艾米爾打斷了凱寧這句話。

「我會一直跟凱寧姊在一起。」

他牽起低下頭的凱寧的手，接著說：

「如果凱寧姊又變成魔物，我會跟剛才一樣阻止妳。不管幾次都會阻止妳。不管幾次，都會把凱寧姊帶回來。」

他的語氣，彷彿不允許任何一句的反駁。

「因為有凱寧姊在，我真的覺得在外露宿很愉快。因為凱寧姊誇獎我，我才有辦法以這副模樣活下去。我其實非常弱，不過只要跟凱寧姊在一起，我就能變強。雖然我一直在依賴大家，我還是凱寧姊的同伴。請妳不要擅自離開！」

艾米爾淚流不止。大概是因為他一口氣將想說的話傾訴完，講不下去了。艾米爾一語不發，默默啜泣著。

凱寧以柔和的目光凝視艾米爾。

「別哭，艾米爾。」

她伸手撫摸艾米爾的頭。

「謝謝你，我沒事了。」

凱寧坐起身。

「唔……？」

「小白？怎麼了？」

白書無視尼爾的疑問，飛向祭壇。祭壇後面不知何時出現一扇門。進到這裡時，並沒有看見那種東西。五年前應該也沒有。恐怕是打倒另一隻石像魔物時，解除了某種封印。

「那就是通往魔王城的入口嗎？」

「不過，看起來沒那麼容易讓我們通過啊。」

還有另一個東西伴隨門扉一同出現。

「魔法陣？」

是用來阻擋入侵者的。五年前也有一樣的魔法陣。那個魔法陣在打倒獨角石像後消失不見。剛才，他們打倒了兩角石像。既然如此，這個魔法陣要打倒什麼才會消失？

「感覺有某種含義。」

尼爾走向白書在觀察的地方，確實，就尼爾看來也覺得「有某種含義」。

魔法陣前面畫著五角形的圖案，上面放著一塊石板。不是掉在那邊。看得出是有人基於某種目的放在那裡的。因為上面畫有按照石板形狀描繪的線條。彷彿在表示那裡就是它該擺放的位置。

「這是什麼？」

尼爾撿起石板，上頭刻著奇怪的圖案。形狀類似的圖案規律性地出現，由此可見那是文字。但尼爾只看得出這一點。

「看不懂。小白看得懂嗎？」

「沒用的傢伙，去問波波菈吧。」

白書無視自己也看不懂那些文字的事實，若無其事地說。

4

波波菈看了尼爾帶回來的石板一眼，微微蹙眉。

「這……看起來像暗號。」

果然。白書嘀咕道。他不是看不懂那些文字，而是不明白暗號的意思。

「波波菈小姐有辦法解讀嗎？」

用手指按著太陽穴，陷入沉思的波波菈抬起頭。

「你說上面畫著五角形的圖案……對吧。」

波波菈將手伸向放著古書的書架。她似乎會趁短暫的休息時間修復損傷嚴重的書籍，房間裡放的都是那種舊書。

「可以看一下這一頁嗎？」

那本書舊得書背隨時會破掉。尼爾看著波波菈小心翻開的書頁，大吃一驚。書上的圖案跟刻在祭壇的五角形一模一樣。

「為什麼⁉」

「你們看到的果然是這個五角形。這樣的話，將這本書裡的文字轉換成暗號後……」

「就是刻在石板上的文字？」

「對。你們帶回來的，是寫著『石之守護神』的石板。五角形裡面的線條，大概是在標示石板的形狀。也就是說，還有四塊石板。例如這個部分。」

「機械之理。」

白書唸出波波菈所指的文字。

「小白，你看得懂啊？」

「你以為我是誰？我可是偉大的白書，怎麼可能看不懂書上的文字。旁邊的字是『祭品』吧？」

波波菈點頭。

「剩下的是『記憶之樹』跟『忠誠的賽柏洛斯』。既然『石之守護神』的木板是在石之神殿取得的，其他詞彙可能也在暗指特定的地點。」

「五塊石板組合在一起會變成五角形，這個我能理解，可是有什麼意義呢？」

更重要的是，如果「機械之理」、「記憶之樹」暗示的是石板的所在地，為何要讓它們分散各處？沒有完完整整放在祭壇的原因是？

「這會不會是……解除魔王城封印的鑰匙？」

「為什麼會這樣想？」

白書咄咄逼人地問。

「為什麼光是看到這個圖案和石板，就能如此肯定？」

他的語氣透露出懷疑，彷彿在表示覺得波波菈本人比她的推論更可疑。

「小白，再怎麼說都不該懷疑波波菈小姐吧……」

「沒關係，是我搞錯了說明順序。」

波波菈並未因此感到不快，接著說明。

「這本書上有記載，魔王城的入口就在石之神殿。」

波波菈告訴他石之神殿的情報時，尼爾也不是沒懷疑過情報的出處。不過，波波菈人脈很廣。就算他到遙遠的地方旅行，或者前往陌生的城鎮或村落，一定會有認識波波菈的人。因此他猜想，八成是那些數不清的「認識的人」告訴她的。

不過，情報來源其實是圖書館的藏書。的確，這裡的書肯定比她認識的人多。

「那就合理了，畢竟這裡是圖書館。對吧，小白？」

尼爾回過頭，白書卻沒有回答，繼續質問波波菈：

「為何妳知道那本書裡有魔王城的情報？在如此大量的藏書中，為何注意到了那本書？」

「不是我，是迪瓦菈。很久以前，她找到了這本書。聽說是出於巧合。迪瓦菈偶然拿起來看的書中，記載著『遠古之歌』的詩句……」

「遠古之歌？迪瓦菈小姐常唱的那首歌？」

波波菈點頭，默背出那首歌的歌詞。

「在遙遠的往昔，黑翼造訪這塊土地。不祥的災禍遍布黑翼所及之處，唯有白翼能夠斬斷災厄的餘韻。」

未來黑書降臨這個世界，散播疾病時，會出現能與之抗衡的白書，以被封印的話語制伏黑書，消去災厄……的意思。是五年前波波菈告訴尼爾的。

因為有這首歌，尼爾才跟白書一起尋找「被封印的話語」。他相信只要集齊它們，打倒黑書，悠娜的黑文病就會痊癒。結果沒能打倒黑書，悠娜還被魔王帶走了。

「我本來以為這只是首遠古流傳下來的歌，沒有多重要的意義。但白書真的存在，被封印的話語和黑書也是。那麼有關於魔王的資料也不奇怪吧？所以我重看了一遍。」

「重看了一遍這本書？」

它比悠娜喜歡的繪本厚了三、四倍，每頁都寫滿文字。重看一遍想必相當費時。

「內容比想像中還艱澀，所以花了很多時間。如果能早點告訴你們就好了。但以我的閱讀能力，沒辦法看得更快。對不起。」

「波波菈小姐……妳不必道歉。」

白書尷尬地清了下嗓子，這樣他的疑惑就解開了。

「關於這四塊石板。」

波波菈若無其事地拉回話題，在手邊的紙寫下文字。祭品、機械之理、記憶之樹、忠誠的賽柏洛斯，以及石之守護神。

「裡面的『機械之理』，大概是在指廢鐵山。」

雖然廢鐵山現在無人管理，遭到棄置，那個地方以前可是大規模的軍事設施。尼爾對於那些機器要如何使用一點概念都沒有，總之是座由機器構成的山。

「記憶之樹大概是神話森林。」

「噢，滿有可能的。」

神話森林曾經爆發將人拉進怪夢的怪病。他們當初是在森林中心的巨樹找到「被封印的話語」。的確，那棵樹說不定就是「記憶之樹」。

「剩下兩個我就不清楚了。」

「『祭品』和『忠誠的賽柏洛斯』嗎？」

「賽柏洛斯或許是在指狗。可是，我從來沒看過那種奇怪的狗。」

波波菈和白書陷入沉默，彷彿在表示束手無策，尼爾卻認為這件事非常單純。石之神殿有大型魔物守著祭壇。做為魔王城的入口，放著「石之守護神」石板的祭壇。想獲得那塊石板，需要打倒那隻魔物。意即──

「只要打倒守護石板的巨大魔物就行了吧？跟收集被封印的話語時一樣。很簡單。」

「你的意思是，這次也要看到魔物就殺？」

具體地名雖然只知道廢鐵山和神話森林，大型魔物絕不常見。要找出所在地，照理說也不會太難。

「不過，太危險了。」

尼爾心想，又不是一天兩天的事。以前他為了賺取悠娜的醫藥費，開始接狩獵魔物的委託，也殺了好幾隻大型魔物，以收集被封印的話語。悠娜被抓走後，他一直在狩獵魔物，尋找魔王的下落。他早已習慣冒著危險的滋味。而且——

「被抓走的悠娜更危險。」

「可是，悠娜妹妹她……」

「她還活著！」

波波菈低下頭，尼爾不會讓她繼續說下去。

「絕對還活著！」

白書跟波波菈都沒有回答。

「總之，我先去廢鐵山和神話森林看看。」

「知道了。」

波波菈的聲音細若蚊鳴。

「路上小心。」

不知為何，明明她平常也都會這樣為尼爾送行，波波菈卻依然低著頭。

〔報告書 10〕

查明長年下落不明的「魔王」潛伏於何處了。雖然想立即採取應對措施，「格雷特」卻守在潛伏地點的入口。牠對我們來說是有點棘手的敵人。於是，我告訴尼爾石之神殿通往魔王的所在地。

然而，「魔王」把入口鎖住了。不是派人看守入口，而是把入口鎖上，恐怕是「黑書」的提議。也許是猜到我們會去找「魔王」，以免型態計畫失敗。

尼爾帶回情報固然很幸運，鑰匙卻轉換成了暗號。但「魔王」的部下應該需要共享情報，所以我推測他們不會設置無法解讀的暗號。我預計盡快解讀，讓尼爾收集鑰匙。

不過白書開始對我們起疑了。儘管我搬出聽起來很合理的理由蒙混過去，化解這個危機，一個弄不好說不定會有危險。未來要多加留意。

本以為白書失去了記憶，沒有威脅性，失去記憶也可能反過來使他採取意料外的行動。目前白書的動向是最令人擔憂的。

（記錄者 · 波波菈）

NieR:RepliCant
ver.1.22474487139...
《型態計畫回想錄》
File02

青年之章 3

1

上次來到廢鐵山是幾年前的事？仔細一算，尼爾嚇了一跳。時隔五年。悠娜被擄走後，他只有一次為了強化武器而來，然後就再也沒踏進這個地方。

「這裡都沒變。」

掛著梯子的鐵橋、入口處的鐵絲網、同樣用鐵絲網當門的武器店，都沒有變化。艾米爾好奇地飛到傾斜的瞭望臺附近，追著在腳邊爬行的老鼠。凱寧閉著眼睛靠在鐵絲網上，大概是沒什麼興趣。

尼爾請兩人在外面等，跟白書一起推開鐵絲網門。

「嗨，歡迎光臨。」

負責顧店招呼他們的哥哥，也一點變化都沒有……不對，不是哥哥。

「弟弟……？好久不見。」

相貌雖然跟哥哥如出一轍，眼前這個人是弟弟才對。哥哥是去廢鐵山採集材料了嗎？白書似乎也在想同樣的事，詢問「哥哥過得好嗎？」。也許是因為認識弟弟時，他還是個小孩子，白書的語氣彷彿在跟小孩子說話。

不過，弟弟的回答出人意料。

「其實，哥哥在四年前出了意外……」

「這樣啊，問了不該問的問題。」

五年前，兄弟倆的母親去世了。四年前哥哥也死於意外的話，代表弟弟已是孤身一人。

「不用介意。對了，今天來店裡有什麼需要嗎？強化武器？還是其他事？」

過了四年，弟弟或許調適好心情了。尼爾也努力故作平靜，避免氣氛變得太感傷。

「我今天來是想問你一件事。」

「什麼事？」

「你有沒有聽說這附近有魔物出沒？而且不是一般的魔物，是巨大、強大的魔物。」

「沒有耶。」

尼爾忽然覺得不太對勁。弟弟的語氣異常輕快。

「因為我活著就只是為了打倒機器人。」

他的笑容令人不寒而慄。還以為過了四年，他調適好心情了，說不定正好相反……

「是嗎？沒關係，打擾了。」

尼爾立刻轉過身，弟弟叫住了他。

「啊，請等一下。」

「怎麼了？」

「其實我拿到一把強大的武器，你應該用得了。」

弟弟指向靠在牆上的武器。是把光看就覺得重，長度卻異常地短的大劍。

「它看起來壞掉了。」

如白書所說，劍尖斷掉了，所以劍身看起來才會偏短。

「修得好嗎？」

「可以，只要有材料。」

「那我去找。」

「太好了，我覺得丟掉它很可惜。」

弟弟在碎紙片上寫起字來。這副模樣與哥哥相似得驚人。微微縮著脖子，用力握筆……令人想起哥哥說「這是升降機的通行碼」的聲音。

「我把需要的材料寫在上面了。這些材料只能從地下二樓的大型敵人身上採集到，請小心一點。還有，這是通往地下二樓的通行碼，請在升降機輸入。」

只不過弟弟的語速比較快，不太會看別人的眼睛。跟他交談過後會發現，他跟哥哥的差異還比相似處明顯。尼爾向弟弟道謝，推開鐵絲網門，來到室外。

之後，他跟五年前一樣進入廢鐵山內部。守在入口的機器人、油臭味，都毫無變化。大概是因此想起當時的情境了，白書用一反常態的感慨語氣說道：

「哥哥死了嗎……他還那麼年輕。」

「弟弟說是意外身亡。」

肯定很突然吧，想必連哥哥本人都萬萬沒料到自己會命喪於此。

「為了弟弟，連自己的樂趣都拋在後頭……哥哥這樣幸福嗎？」

尼爾點頭，當然幸福。

「只要看見弟弟的笑容、看見弟弟開心，就很幸福。當哥哥的就是這樣。」

要說唯一的遺憾，就是無依無靠的弟弟說不定會寂寞吧。但哥哥死得那麼突然，八成不會有時間想到這些。所以，哥哥不會不幸。照理說——

「我看以後最好多去強化武器……」

「你是想為這五年來的不聞不問補償他嗎？」

「不是。我們要跟守護石板的魔物戰鬥，武器很重要吧？」

尼爾搬出一個聽起來不太自然的藉口，卻騙不過白書。不對，是沒那個必要。

「……我明白。」

五年前，白書也有看到思念母親的弟弟哭泣的模樣。他一定也在想，最好不時就來關心他一下。

地下二樓的敵人固然強大，尼爾沒有花多少時間，就順利採集到記形合金。他不僅變強了，這次凱寧跟艾米爾也在，還有多餘的心思順便收集感覺可以用來強化武器的其他材料。

這就是五年的歲月。尼爾忍不住心想，時間過得真快。對弟弟來說是這樣，對自己來說也是。然而——

第二次來到店裡時，他發現好像不是這麼一回事。

「我有事想麻煩兩位。」

看著修理好的武器，弟弟一副若有所思的樣子。尼爾看過那種眼神……沒錯，祖母被魔物殺掉的凱寧，就是這種眼神。

「請你們幫我哥報仇！」

果然跟凱寧一樣。「報仇」是對殺死哥哥的對象用的詞彙。哥哥並非死於意外。所以對弟弟而言，時間過得並不快。弟弟的時間停留在哥哥被殺的瞬間。家人莫名其妙被奪走的人，全都一樣……

「你還真是突然想到一個可怕的念頭。」

聽見白書這句話，弟弟用力搖頭。

「不是突然想到的！我一直做武器的目的就是這個！我想做能殺掉那些傢伙的道具！不是為了賺錢！」

樣。

「那些傢伙？」

「對！跟魔物在一起的大機器人！」

「這裡有魔物啊……」

而尼爾自己的時間也停止流逝了。自從悠娜被抓走的那一刻。自己也跟他一樣。

「求求你們！幫哥哥報仇！請你們殺掉那個機器人！」

「嗯，我會去殺掉它。」

尼爾將手伸向發出微弱光芒的大劍。

2

凱寧現在很能體會全身的毛都豎起來的貓是什麼心情。本能察覺到的不適感令她反胃。她之前才在想，絕對不要再踏進那種地方，沒想到過沒多久，第二次的機會就找上門來。

「報仇嗎……」

求求你們，幫哥哥報仇——近似哀號的聲音傳到店外時，凱寧有點不耐煩地心想「又要去那個地方了嗎」。尼爾不可能拒絕那個請求。

但她明白他的心情，太過明白了。因此，她默默跟在尼爾後面。搭乘狹窄得讓人喘不過氣的升降機，為滑溜的地面不悅地咋舌，因分不清是金屬還是油味的惡臭皺緊眉頭。

不過，她總算習慣對付在各處出現的名為「機器人」的機械。在沒有障礙物的開闊場所，就保持距離用魔法打倒。若是在有障礙物的狹窄地方，避不了近距離戰鬥時，就一擊破壞掉疑似要害的部位，再立刻拉開距離。這是尼爾教她的做法。

起初，凱寧不知道停止動作的機器會爆炸，不小心遭到波及，身受重傷。要不是因為有杜蘭的再生能力，搞不好會沒命。

之前在石之神殿時，她還在擔心自己是不是已經無法控制力量，不過與敵人交戰時，她又會深深體會到這股力量是不可或缺的。

「魔物怎麼會跟機械在一起呀？」

艾米爾疑惑地歪過頭，尼爾不屑地說：

「理由不重要，把魔物和牠的同伴殺光就對了。」

「沒錯。」

明明沒有尋求她的認同，凱寧卻回答了。尼爾簡單明瞭的話語，現在比什麼都還要令人心安。她甚至希望自己也能變得跟他一樣。

魔物及機器人，兩者都是敵人，會不分青紅皂白地攻擊他們的敵人。可是對凱寧而言，機器人還比較好，因為不會說話。
即使是魔物，如果只是會講出無意義的字句，倒還無所謂。真正討厭的是……
『別對我的同伴出手……嗎？』
杜蘭這句話，使凱寧無意間皺起眉頭。杜蘭總是會精準且迅速地說出她應該會感到不快的話語。
『妳果然在同情那個大傢伙。真感人啊。真可笑啊。』
凱寧沒有反駁。她知道這樣只會使杜蘭更高興。但她忍不住思考，為何有的魔物擁有高智商？為何身為魔物，卻要為同伴的死哀悼？
那些傢伙只會襲擊人類，如果牠們的智商也比蟲子還低就好了。不對，她應該一開始就知道了。杜蘭雖然狡猾又卑鄙，牠明顯屬於智商高的那類型。既然存在這種魔物，有不狡猾不卑鄙，智商卻很高的魔物也不奇怪。
『喂喂喂，說我卑鄙？講這麼難聽。是真的就是了！』
哈哈哈哈哈哈！令人不悅的笑聲於腦內響起。
『要是這裡的魔物也會說話怎麼辦？要是牠們不狡猾不卑鄙，智商又高怎麼辦？要是牠們一直說感人肺腑的故事怎麼辦？喂？妳說啊？』
凱寧沒有命令杜蘭閉嘴，而是跳到空中。她憑藉墜落時的速度，將劍刺入呆站在巨大木箱前的機器人。拔出劍又刺了一刀。用力地，一刀接著一刀。

小小的火花炸開，發出危險的聲音。凱寧急忙向後跳，被爆炸的衝擊震得跌坐在地。她不禁失笑，我怎麼這麼狼狽。

「凱寧姊！」

「沒事吧!?」

兩人驚訝地跑過來，凱寧用手勢制止他們，站起身。

「我沒事。」

她拔出刺進上臂的金屬片。鮮血噴出，不過很快就止住了。傷口長出新肉，疼痛逐漸減緩。就算受了傷，就算流了血，很快就會痊癒。那就是魔物的力量，非人者的證明。

凱寧決定即使接下來的敵人是高智商的魔物，也要殺了牠。即使是溫柔又善解人意的魔物，魔物終究是魔物。不是人類。

把魔物和牠的同伴殺光就對了……

她回想著尼爾剛才說過的話，覺得他說得很對。

弟弟給的地圖雖然正確無誤，卻一點都不貼心。

搭乘升降機下到地下二樓後，他們必須坐礦車在一群飛來飛去的機器人中前進。下了礦車，接著得爬上漫長的螺旋階梯，再搭乘升降機上樓。最後是眼前這個豎穴。

「那個機器人所在的房間，似乎就在這個洞穴下面。」

白書看著地圖，不耐煩地說。這張地圖上常見的不貼心之處，完美反映在這個地方。連梯子都沒有的豎穴，哪稱得上道路。

「好，直接下去吧。」

從這個洞穴？白書傻眼地說。

「不知道下面是什麼情況喔。」

白書和艾米爾會飛，凱寧是魔物附身，從高處墜落也不會死。這個狀況下，有生命危險的只有尼爾一個。

「繞路太麻煩了，走吧。」

風險最大的當事人都這樣說了，其他人當然沒有意見。

「等一下，我先下去看看。」

「不，我去。」

凱寧沒等他回應就跳下洞穴。萬一下面充滿敵人，對艾米爾來說太危險。而且比起靠飛行移動的艾米爾，直接墜落的自己快多了。

事實上，真的是一轉眼的事。風從耳邊呼嘯而過，過沒多久，腳底傳來衝擊。表示這個洞沒深到摔在地上會見血。太好了。

本想先確認周遭沒有敵人，再打信號給尼爾，凱寧站起來左右張望時，尼爾已經降落於身邊。這樣我先跳下來不就沒意義了嗎？凱寧目瞪口呆。

不過從結果上來看，尼爾的選擇是對的。凱寧一抬頭就看見一臺機器人。根本沒時間給她觀察環境再打信號。不貼心的地圖就正確性來說，倒是無可挑剔。

「就是它嗎！」

尼爾進入備戰狀態，不知何時飛到他旁邊的白書說「這傢伙很大，小心點！」。確實比之前看過的機器人都大。

凱寧聽見叫著「發現入侵者」的聲音。但不是魔物，當然也不是人類。到底是誰的聲音？她移動視線，環視周遭。

『打倒他們！』

這次明顯聽得出是魔物的聲音，凱寧反射性吶喊：

「有魔物！」

一隻小小的魔物站在巨大機器人頭上，不如說是坐在上面。

聽說那隻魔物跟會殺人的機器人共同行動，凱寧想像的是凶猛巨大的魔物。像石之神殿的格雷特那樣，或是襲擊尼爾村子的巨大頭部。然而，眼前這隻魔物外形更接近石之神殿的小嘍囉，有缺陷的魔物。

機器人的雙眼亮起光芒，彷彿在宣告戰鬥開始。又聽見「發現入侵者」的聲音了。凱寧因此得知聲音的來源。不是魔物，也不是人類，是機器人的聲音。

『發現入侵者　發現　發現　排除！』

機器人使勁跺腳。頭上的魔物舉起雙手。

『小P！不要輸！』

凱寧懷疑自己聽錯了。這不像魔物會說的話。剛才那句『打倒他們』也是，語氣跟人類的小孩一樣。如同小孩的魔物，加上會說話的機器人。遇到了討厭的敵人……

機器人跺腳的時候，地面會隨之劇烈搖晃，凱寧忍不住跪到地上。

「魔物在對它下達指示嗎！」

不對，那不是「指示」。

「瞄準腿部打倒它吧！」

艾米爾也聽不見那隻小型魔物和機器人在說什麼。

『上吧，幹掉牠！凱寧，妳不是什麼樣的魔物都要殺掉嗎？』

杜蘭戳中了她的痛處。但牠說得沒錯，殺掉魔物，不得不殺。

「打倒魔物！」

凱寧大叫著鼓舞自己，刻意提高音量，否則她覺得自己握不住劍。尼爾刺向機器人腿部的連接處，艾米爾用魔法攻擊。凱寧也加入其中。

『排除　入侵者　排除　排除排除排除排除排除。』

她舉起雙劍砍下去，傳來砍中岩石般的沉重手感。刺耳的金屬碰撞聲傳入耳中。她再度揮劍，有什麼東西彈了開來。

凱寧本來還在疑惑，不曉得劍能否傷到覆蓋著堅硬金屬的機器人，結果連接處比想像中還脆弱。外側的金屬板剝落後，內側則更加脆弱。

『小P！住手！可以了！再打下去你會壞掉的！』

小型魔物發出哭喊般的聲音。哭喊？不對。那才不是哭喊。是其他聲音。牠是魔物，不可能會哭喊……

「……那是魔物，那是魔物……」

機器人抬起腳。尼爾在地面翻滾閃躲，艾米爾趁機射出魔法。破裂聲響起。仔細一看，機器人的腳裂開了。

『防衛　我　的　職……責。』

『不要！要是你不在，我該怎麼辦？我又要變成一個人了！這樣好寂寞！』

『保護　我的　工作　工……作……』

機器人的聲音參雜雜音，彷彿在喘氣。然而，尼爾、艾米爾、白書都聽不見它的呼吸聲。劍與魔法毫不留情地襲向金屬身體。每當攻擊命中，就會發出吱吱嘎嘎的摩擦聲，宛如呻吟。

杜蘭愉悅地笑著，笑著大叫「殺啊殺啊」。

「該死……！」

凱寧移開視線，揮下手中的劍。本以為八成砍不中，劍刃卻挖開了腿部的裂痕。巨大身軀一個不穩，機器人跪到地上。

「就是現在，大家一起上！」

尼爾的劍刺進機器人的背部，艾米爾的魔法融化金屬。魔物再度哭喊。

『小P！』

『P33　保護　克雷歐。』

那臺機器人叫「P33」，魔物叫「克雷歐」嗎？在凱寧心想之時，散落於周圍的金屬片及零件開始細微震動。它們發出聲響，吸向P33。被接連不斷的攻擊擊落、削下的零件，重新回到機器人的本體上。

『P33　保護　克雷歐！』

吸過去的金屬片和零件聚集在P33背上，組成巨大的翅膀。

「原來它會變形……」

P33張開醜陋的翅膀，站了起來，振翅掀起一陣暴風。白書大叫：「趴下！」

『小P，你在做什麼!?』

『逃離　逃離　逃離　逃離　逃離。』

凱寧不認為用金屬做成的笨重身軀飛得起來，連浮起來都做不到吧。不過，巨大身軀隨著猛烈的暴風飄上空中。

『看　外面的　世界　世界界界界界。』

Ｐ33高高飛起，不知何時將克雷歐抱在懷裡。

「別想逃！」

尼爾和艾米爾射出魔法，大概是想擊落它，可惜沒有成功。金屬紛紛從上方掉落。

「危險！快閃開！」

凱寧一面閃躲，一面抬頭望向上方，Ｐ33在用身體撞天花板。掉下來的是機器人的零件、天花板的建材，抑或兩者都是？

『克雷歐　教我　許多　詞彙　告訴了我　不知道的　世界。』

Ｐ33又一次撞向天花板。身體都在冒出黑煙了，Ｐ33卻沒有停止。不想聽見的話語，伴隨金屬一同從天而降。

『一起看　外面的　世界　一直　在一起。』

可是，到此為止了。Ｐ33逐漸下降，推測是無法維持浮力。隔著這麼遠的距離都看得見，它的身體正在冒出小小的火花。

「瞄準翅膀！」

尼爾和艾米爾聽從白書的指示，同時使用魔法。金屬翅膀開始崩解。P33的身體於空中歪斜，其中一邊的翅膀剝落。它使勁揮動另一邊的翅膀，卻支撐不住巨大身軀的重量。

墜落聲傳遍四周。P33趴在地上，一動也不動。克雷歐飛奔而出，跟在石之神殿看過的有缺陷的魔物一樣，又小又脆弱。牠大叫著『住手！』展開雙臂。

『小P是我重要的朋友！不要欺負小P！』

想保護其他人的這一點，也跟那些有缺陷的魔物一樣。沒有保護他人的力量，只能在融化消失的弱小亦然。

形似黑影的身體瞬間被一分為二。在牠舉起手衝過來的短短數秒內，尼爾只揮了一劍就結束了。

『對不起，小P。我好弱喔……』

小小的身體倒在地上。

『好想……跟你，一直……在一起。』

都快要失去形體了，克雷歐依然在爬向P33。牠和有缺陷的魔物之間的差異，在於直到最後一刻，都想與「朋友」同在。

『克雷歐　約好了……一直　在一起……一直……』

P33的手臂在顫抖。應該是因為即使毀損到無法動彈，還是想把手伸向牠吧。

可是，克雷歐並不在那隻手的前方，黑色身體已然化為塵埃。

『克雷歐……寂寞……小P……寂寞……可怕……哭……泣……』

P33雙眼的光芒慢慢熄滅。機器的運轉聲停止，凱寧聽見尼爾吁出一口氣。機器人跟魔物都死了。

在這片靜寂中，有東西喀一聲掉下來，從倒在地上的P33身上。

「尼爾哥！是石板。魔王城的鑰匙！」

想起來了。其實他們是循著「機械之理」這條線索來到廢鐵山的。目的並非打倒機器人，只是不打倒它就無法取得石板。無論如何都得殺掉機器人。找到殺掉它的理由，凱寧稍微放下了心，然後厭惡這樣的自己。

「看來就是它沒錯。」

在白書觀察石板的時候，靜寂突然被打破了。地面跟鞋底碰撞的聲音產生回音，震動瀰漫焦味的空氣。是弟弟。他似乎一直跟在後面。危險的機器人全數破壞掉了，用不著全副武裝也能輕易追上他們。

「這種！這種機器！把哥哥！和媽媽！」

弟弟撿起掉在地上的棒狀零件，朝機器人的殘骸揮下。聲音非常刺耳，讓人聽不下去。

「要是沒有你就好了！沒有你就好了！沒有你就好了！」

他的母親被機器殺掉是事實。白書當時說過，母親應該是死在廢鐵山的防衛用機器手下。意即殺死母親的機器，並非這臺P33。

「這種機器……把哥哥！把媽媽！要是沒有你就好了！」

真的是P33殺了他的哥哥嗎？將小小的魔物叫做「克雷歐」，被克雷歐叫做「小P」的這臺機器人。想保護克雷歐，希望能跟牠在一起，想看外面的世界的P33。將手伸向瀕死的克雷歐的它……

「夠了吧？」

尼爾叫住弟弟，或許是看不下去了。

「我打倒它了！欸，很厲害對吧？我打倒它了！我打倒它了！」

打倒P33的是尼爾他們，不是弟弟。他好像連這件事都分不清楚。

「只要沒有這傢伙，就能輕鬆進入山裡。材料也隨便我拿！以後我愛做多少強大的武器就做多少！用來破壞那些機器的武器！用來破壞一切的武器！愛做多少就做多少！愛做多少就做多少！」

弟弟的笑聲令人毛骨悚然。

「交給我吧！破壞那些機器……全部全部全部全部。」

「知道了，我知道了。」

尼爾把手放在他肩上安撫他，弟弟卻依然笑個不停。

『真不錯。』

凱寧早就料到杜蘭八成會這麼說，這隻魔物最喜歡黑暗的情緒。

『無視自己的問題，無法不去推卸責任。很棒很棒。』

推卸責任……意思是，杜蘭也認為不是P33殺掉他的哥哥。

『什麼？這不是當然的嗎？那傢伙應該只是想要一個殺掉機器的藉口，才說哥哥被殺掉了。他一開始不是說哥哥死於事故嗎？噢，等等，搞不好是他引發的事故！』

真是不舒服的推測。不過，杜蘭深愛人類醜陋、殘酷的一面，對於那類型的情緒當然瞭若指掌，無法斷言那僅僅是推測。

『真不錯，很像人類會做的事。真的很像人類會做的事。』

人類會做的事？這個嗎？不停毆打不會說話的殘骸，發出充滿憎恨及瘋狂的笑聲？

P33最後所說的「寂寞」，克雷歐大叫「不要欺負小P！」的聲音，何者才是像人類的聲音？

凱寧不知道。

〔報告書 11〕

波波菈說我寫的報告書太冗長。我習慣把自己發現的事通通記下來，希望她體諒我一下。

波波菈做事很有效率，所以她才會這樣念我。而尼爾的效率也不比她差。一知道「機械之理」指的是廢鐵山，尼爾當天就趕往那裡，之前告訴他石之神殿的情報時也是這樣。

但他第一次去的時候，聽人說「沒聽過大型魔物的消息」，沮喪地回來了（我們也沒料到會這樣，一時之間不知道該如何是好。幸好是假情報。詳情後述）。

當然，波波菈不可能會出錯，石板確實在廢鐵山。數日後，尼爾進入了廢鐵山，帶回用暗號刻著「機械之理」的石板。所以說，是那個人提供的情報有誤（他是開武器修理店的，眼中好像只有機器人。人類往往只會看見自己想看的東西）。

明明達到了目的，從廢鐵山回來的尼爾卻不太有精神。不對，他滿有精神的，可是看起來有點憂鬱。要當成我的錯覺也不是不行，不過不久前我們才起過爭執，為求保險起見，我跟白書打聽了一下（白書總是黏在尼爾身邊，所以我只有趁尼爾跟其他村民交談時，和他說了兩、三句話）。

從結論來說，不知道。白書說「憎恨與瘋狂無法治療心靈」，我完全聽不懂他想表達什麼意思。哎，看來可以確定在廢鐵山發生的事很難稱得上愉快。

總而言之，既然知道白書派不上用場，我考慮透過其他方式收集情報。下次行商來村子的時候，找個理由叫她（註 1）去廢鐵山的店看看吧。那名行商機靈又待人和善，應該滿適合的。更重要的是，就算是有點危險的地區，她也能若無其事地四處走動，這一點很可靠。

問題在於無法確定她何時會出現。可以的話，我想在尼爾從神話森林回來前獲得情報……

就是這樣。趁我還沒被波波菈罵，結束這次的近況報告。完畢。

（記錄者・迪瓦菈）

註1　指的是悠娜日記跟自動人形的傳單裡都有提到的愛可，DOD3的角色。

NieR:RepliCant
ver.1.22474487139...
《型態計畫回想錄》
File02

青年之章 4

1

「我又跟太太吵架了。」

紅色包包船長大嘆一口氣，船身微微傾斜。每次坐船移動時，都會聽見同樣的臺詞，所以尼爾他們沒搭船的日子，那對夫妻肯定也在吵架。難怪會被取「吵架夫妻」這個綽號。

「我太太說的『你先幫我弄一下』，好像是『馬上去做』的意思。我放著她交代的事不管，想說晚點再去處理，結果就被罵了。」

「啊，姊姊也叮嚀過我『別人交代的事要立刻去做』。她說『你就是因為沒立刻去做才會忘記』。」

「可是，我手邊還有其他事要做啊。」

「對對對，說得沒錯！」

沒想到紅色包包船長跟艾米爾會在這方面意氣相投。尼爾覺得看兩人聊得這麼開心很有趣，沒有插嘴，始終默默聽著。

「……於是，我去請郵差幫我進各地的郵票。」

「收集郵票嗎？真好。花朵圖案的郵票很漂亮呢。」

「我就說吧？你也這麼覺得？但我太太說這是在浪費錢。」

「咦——!?怎麼會！」

對吧？紅色包包船長開心地說。凱寧在旁邊睡覺。真是和平的時間……目前還是。

「心情不好嗎？」

白書看著尼爾的臉。他說中了。他們正在前往神話森林，尋找「記憶之樹」的石板。

「畢竟那座村子的村民都好聒譟。」

神話森林的居民，每個人都愛說話。初次造訪的時候，許多村民得了「死之夢」這種怪病，所以跟他們講話也不會有反應，但一從夢中醒來，他們就變得相當多話，而且還會講很久，又沒頭沒尾的。

「要找線索的話，又不能不跟他們交談。」

「希望能盡快離開……」

「如果有那麼簡單就輕鬆囉。」

重點是，他們連插嘴的時間都沒有。神話森林的居民感覺不是在對話，而是在比誰能說出更多的話。

「總比被抓進滿是文字的惡夢好吧。」

「只能這樣想了。」

白晝疲憊地說，就在這時，船長將船停到岸邊。北方平原的碼頭離村子並不遠。

「那麼，路上小心。」

「謝謝你。」

已經跟船長混熟的艾米爾高興地揮手道謝。

2

五年前的怪病事件結束後，他們再也沒去過神話森林，村長卻記得尼爾和白書。

「那次真是謝謝你們。對了，跟你說一件趣事……」

「沒關係，不用了。我有事想請教你。」

尼爾急忙打斷村長說話。在這個村子可不能擔心失禮或觸怒對方。

「最近有沒有遇到什麼怪事？例如出現大型魔物。不對，不僅限於魔物，有沒有看到又強又危險的東西？」

將範圍限制在魔物，可能會漏掉重要的情報。這是尼爾在廢鐵山學到的教訓。

「怪事嗎……」

村長抱著胳膊沉思，看起來並不介意自己話講到一半被打斷。

「經你這麼一說，『神樹』散發出一股奇怪的氣息。」

「神樹？」

村長說是位於村子深處的巨樹，尼爾想了起來。是傳說中有「被封印的話語」沉眠於其中的樹木。尼爾他們確實從那棵樹取得了「被封印的話語」。但那也是在「死之夢」裡發生的事，尼爾不清楚自己是用什麼方法獲得它的，具體上的情況什麼都想不起來。

「你調查過那個奇怪的氣息了嗎？」

「沒有。」

村長乾脆地回答白書，彷彿除此之外不可能有其他選項。

「為何不去調查？」

「因為不能靠近那裡。」

「為何不能靠近？」

白書略顯焦躁地追問，村長卻一臉疑惑。

「誰知道。你問我為什麼，我也不明白。我只能說就是這樣。總之，不可以靠近它。」

白書說「真奇怪」，但尼爾覺得那正是答案。他們就是來調查「怪事」的。
「我明白了，謝謝你。」
「請你們千萬別靠近神樹，拜託了。」
「好。」
當然，尼爾打從一開始就不打算聽村長的話。白書大概也察覺到了，默默跟在後頭。
村長擔心地站起來，幸好神話森林很暗，而且今天還起了薄霧，走遠一點應該就看不見了。

第一次看見村子深處的巨樹時，他只覺得是棵很大的樹。不過得知它名為「神樹」後，印象就產生了些許變化。這棵樹的確跟其他樹木不太一樣。
不是因為它比至今以來看過的任何一棵樹都還要巨大，或者樹枝糾纏成奇妙的形狀。與外形無關，那棵樹散發出一種不尋常的氣息。會讓人覺得不能靠近，或許也是無法用言語形容的這股氣息導致的。
尼爾一步、兩步踏上前。表面看來真的是一般的植物，黯淡的褐色樹皮和深綠色的葉子。尼爾跨過腳邊的樹根，走近巨樹。
『吾乃草，吾乃樹，吾乃森……』

聽見聲音，尼爾跟白書面面相覷。

「最近很多這種傢伙嗎？」

大概是這裝模作樣的語氣讓他不知道該說些什麼。然而，這句話由白書說出來實在很可笑。

「小白哪有資格說。」

「唔，我可不會靠這樣講話來虛張聲勢……」

「等等。」

尼爾打斷白書說話，因為巨樹似乎還沒講完。他豎起耳朵，以免聽漏。

『……吾乃掌管所有記憶的黑色存在。編織汝所期望之話語……』

意思是會告訴他們想知道的事？那就太好了，不過真的可以照字面上的意思理解嗎？畢竟這裡是發生「死之夢」這個怪病的村子。那個充滿文字的世界……思及此，已經來不及了。

黑。塗抹一切的漆黑。

尼爾：又來了……

白書：不，情況不太一樣。

尼爾：是嗎？

白書：雖然跟上次一樣都是文字，這次有種雜亂的感覺……話語四散。溫柔的話語、艱澀的話語、甜蜜的話語。宛如閃閃發光的寶石，散落一地。

尼爾：話語？寶石？的確很難懂。

剩下的「話語」不多。剩下的「時間」則更加不足。「樹」一面收集話語，一面拚命仰望天空。

樹：不該是這樣的，明明沒有那個計畫。

樹用發不出來的聲音喃喃自語。

以前，樹記憶著世上的一切。因為它就是為此而生。跟照到陽光會因喜悅而顫抖一樣，收集人們的記憶令它感到愉快。它的感受性被設計成會讓它產生這種想法。樹將樹枝伸得長長的，從葉子回收記憶。

尼爾：那是什麼？是植物……嗎？

記憶之葉是足以覆蓋世界的巨大網子。話語化為碎裂的光粒於葉脈流動，通過分支遍布四處的血管，流進記憶的池子。話語最後變成群體，光之漩渦成為球狀的星星。

白書：確實很難說是植物。那是……？跟網子一樣展開來的東西是……我好像在哪看過。在哪裡？以前嗎？……想不起來。

「樹」記得。有個病倒的小男孩和他認識的健康少女。然而，兩人連聊天的機會都沒有，男孩就孤獨地去世了。「樹」將那段記憶掛上「羨慕」的標籤，保存起來。

「樹」記得。與紅眼怪物戰鬥的女戰士，及其女兒和同伴。敵人覆蓋住整片天空。她的女兒居住的城市被炸飛了，女戰士直到最後一刻都在笑。「樹」將那段記憶掛上「喪失」的標籤，保存起來。

「樹」記得。從空中墜落的紅龍……不。沒有這段記憶。「樹」喜歡這段記憶，但它已經消失了。

「樹」發現那些掛上標籤的記憶逐漸減少，是在它誕生的數百年後。雖然記憶減少了，「樹」並不覺得寂寞。它並未接獲要感到寂寞的命令，只是覺得少了些什麼。

樹：那些大量的記憶消失到哪去了？

再怎麼伸展枝葉，都接收不到新的記憶。以前充滿記憶的池子，如今也變得空蕩蕩的。現在只是漆黑的房間，只有剩餘的些許記憶掉在地上。

樹：無事可做。什麼都沒有。這裡空無一物。

因此，男子他們進入房間時，樹很高興。有其他人在，其他人在跟它說話，樹感到難以言喻的喜悅。

尼爾：這間房間是？

白書：好陰沉的地方。

尼爾：有東西……掉在地上。

數顆如同水晶的寶石散落於地面。男子他們看著那些寶石，裡面是一片風景。男子咕噥道「我看過這幅景象」。理所當然，那裡是神話森林。村民被囚禁在「死之夢」裡面。看見寶石映照出五年前的自己和書，男子大吃一驚。「樹」看見了。五年前的那起事件，從頭到尾。

樹：不好意思。只剩下這些了。

尼爾：誰？誰在說話？

「樹」心想，要告訴他們。從身體深處傳來聲音。必須去問眼前的男子他們，因為那個命令是絕對的。

白書：喂！你看！

尼爾：魔物!?

地上冒出一團黑影。表面的紋路跟魔物如出一轍，男子他們為之震驚。黑影般的手中，握著好幾顆寶石。有掛標籤的、沒掛標籤的、形似水晶的、完全不像水晶的，魔物緊緊握著那些寶石。不只是手，口中也塞滿寶石。許多景色浮現又消失的寶石。

白書：這傢伙……似乎是會吃記憶的魔物。
尼爾：這是記憶嗎？
白書：你忘了剛才的文字？水晶映出的是五年前的畫面。
樹無視語氣無奈的書，伸出手。為了碰觸眼前的男子。
男子揮劍砍向魔物。沒有一絲躊躇的劍刃，斬裂魔物的腹部。寶石——記憶從腹部掉出。
樹：噢，那是「定罪」的記憶。
「樹」心想，必須告訴他們。因為那個命令是絕對的。它試著開口，卻發不出聲音。沒辦法。畢竟它千年沒與他人交談了。得創造發聲器官。快點。
樹：吾……吾問　咳　汝等。
寶石從嘴裡吐出來了。重來一遍。再一次。
樹：吾問汝等。失去的羨慕為何色？
好，順利說出來了。接著呢？接著該做什麼？「樹」思考著。它千年沒看到其他人了，一時之間想不到。
白書：說話了!?魔物也有知性跟感情嗎!?
尼爾：那不重要！
男子的劍砍斷黑色右臂。魔物將剩下那隻手伸向男子。必須去碰，必須去碰他。

黑色手指碰到男子的瞬間，「樹」感覺到熱度。如黑影似地搖晃的手指、手臂、肩膀、脖子，以及全身，竄過一股熱流。那是感情，情緒，動搖。「樹」發出尖叫。連要使用發聲器官都忘了，放聲尖叫。

千年來都是孤獨的，「樹」面臨崩壞，因為「樹」產生了感情。無論是樹還是其他生物，過了千年，自然會誕生「靈魂」。僅僅是它之前都沒發現。

「樹」繼續詢問。

樹：吾問汝等……與紅眼戰鬥的女子……

尼爾：吵死了，講那些無聊的廢話！看我在你繼續囉嗦前砍了你！

被砍中的腹部，傳來灼燒般的疼痛。有東西從裂開的腹部掉出。

尼爾：那是!?

白書：魔王城的鑰匙！快搶過來！

樹：噢，對……沒錯。這是「鑰匙」。

不，那名男子才是鑰匙。解放這封閉靈魂的鑰匙。快點。快點……說出下一句話。

白書：糟糕。這個世界要崩解了！

尼爾：充滿文字的世界崩解又怎樣！

記憶池子開始裂開。牆壁　遭到　侵　蝕。不　過，必須　繼　續詢問。

樹：吾問……汝等……世上　最為　重要的　存在為何？

男子忽然回頭，嘴脣做出言語的形狀。男子為何突然願意回答了？

不知道。但他的心血來潮之舉，對「樹」而言值得慶幸。

光芒盈滿世界，記憶全數消失。「樹」逐漸失去那個境界。文字緩緩消失，男人被拉回現實世界。

結束一切的「樹」，看起來十分滿足。

視野忽然恢復正常。發光的小蟲在薄霧中飛來飛去。黯淡的褐色樹皮、深綠色的葉子。尼爾他們站在「神樹」前面。從充滿文字的世界回來了。

尼爾張開手掌，手裡拿著「記憶之樹」的石板。跟「被封印的話語」一樣，這次也順利帶回來了。具體上來說是怎麼做的則跟上次一樣，記不清楚。充滿文字的世界果然很討厭。莫名其妙，令人疲憊……

這樣就收集到三片石板了。只剩「祭品」跟「忠誠的賽柏洛斯」。

「我現在才知道魔物會思考。」

「不管那些傢伙在想什麼，都不重要。」

「跟五年前比起來，文字有點雜亂無章，搞不好是魔物變弱了。還是因為沒有透過村民的夢？」

白書雖然不喜歡充滿文字的世界，卻對它抱持好奇心，或許是因為他自己也是書。尼爾一點都不關心這次跟五年前有何區別。

比起那個，更該驚訝有魔物棲息在巨樹裡吧。

不尋常的氣息和五年前的「死之夢」，都是那隻魔物導致的。這裡的居民把那種東西當成「神樹」在尊敬……

可是，儘管裡面潛伏著魔物，他們信仰那棵樹是事實，最好將事情經過據實以告。

尼爾如此心想，懷著會挨罵的覺悟去找村長。

村長的反應卻出乎意料。

「神樹？噢，那棵古老的巨樹啊。」

他的語氣彷彿在講路邊的雜草，尼爾有點錯愕。

「你之前不是說它是神聖的樹嗎？村民一直在信仰，那棵樹……那個，實在很難以啟齒。」

尼爾不知道該如何解釋，支吾其詞，這時，村長主動開口。

「噢，原來如此。我懂了。你是想說那股奇怪的氣息對吧？不過，現在完全沒感覺了。」

「完全沒感覺？」

「是的，消失了，消失得一乾二淨。跟陰霾散去一樣。」

肯定是因為打倒了寄宿於樹中的魔物。現在村長和其他居民，應該能毫不抗拒地接近那棵樹。

「話說回來，我們為什麼要信仰那種樹啊？」

村長一副大夢初醒的模樣，聳了下肩膀。

「再也不想處理這種麻煩事了。」

尼爾轉頭看著神話森林，深深嘆息。森林裡還是一樣安靜，只聽得見蟲鳴和小鳥的叫聲。不久前與魔物的那場戰鬥如同夢境。

「打倒那棵『樹』了，這樣就不會再被拖進文字的世界。」

但願如此。考慮到這種不適感是最後一次，也不是不能忍受——思及此，白書說道：

「除非時間倒流。」

幹麼裝模作樣地講這種話。尼爾笑著回答：「怎麼可能。」

尼爾哥——是艾米爾在叫他，尼爾看見艾米爾在不停揮手。凱寧跟上次來的時候一樣，雙臂環胸靠在樹上。

「找到石板了嗎!?」

尼爾用力點頭，對艾米爾揮手。

〔報告書 12〕

現在報告做為魔王城「鑰匙」的石板的回收進度，以及解讀暗號的狀況。

石板的暗號比想像中更複雜。尼爾都帶回「機械之理」跟「記憶之樹」的石板了，我卻還沒解讀出來。必須盡快改善。

這段期間，「魔物」的活動範圍仍在加速擴大。北方平原的「魔物」不論什麼天氣都會出現，沙漠周圍的狀況也不太穩定。最嚴重的是崖之村，一部分的村民不時會做出可能擾亂計畫的行為。

我決定反過來利用這一點，把它當成測試案例觀察那座村莊。以樣本來說，那個地方無可挑剔，再加上缺乏跟其他地區的交流，方便計算準確的數據。

我才剛這麼想，就收到崖之村村長寄來的信。內容是有人能夠提供「祭品」的情報。沒有確切的證據證明石板在崖之村，很可能是引誘尼爾過去的陷阱。

同時，想判斷情報真偽的最佳方式，就是派尼爾過去。於是我給尼爾看了村長的信。白書斷定那是陷阱，尼爾卻堅持要去崖之村。找到石板的話正好，就算沒找到，以尼爾現在的實力，想必能平安無事地回來。無論結果如何，對我們都沒有任何壞處。

為了阻止失控的「魔王」，現在必須不擇手段。

（記錄者·波波菈）

NieR:RepliCant
ver.1.22474487139...
《型態計畫回想錄》
File02

青年之章 5

1

聽見鉸鏈的摩擦聲，艾米爾急忙趕往北門。因為那是使勁開門的聲音。這個村子的守衛害怕魔物入侵，開門時總是提心吊膽，不會發出這種聲音。

這個村子裡，只有一人擁有能夠輕易推開沉重木門的力氣，以及不畏魔物的膽量。

「尼爾哥！」

銀色髮絲從剛打開的門後露出。門開得更大了，映入眼簾的並非艾米爾期待的尼爾的笑容。

「……和小白先生。」

「怎麼了？身體不舒服嗎？」

艾米爾講話的音調突然變低，白書似乎在擔心他。面對這麼溫柔的人，要他如何開口回答「先出來的不是尼爾哥，所以我好失望」。

「那個……啊，對了。接下來要去哪裡？有找到線索嗎？波波菈小姐有話要說對吧？她說了什麼……」

「不要一次問這麼多問題！會害人不知道該從哪開始回答！」

「對不起。」

在艾米爾跟白書道歉的時候。

「接下來要去的是崖之村。」

尼爾邊說邊關上木門。從城門來到村外，代表今天要去的地方應該不用坐船。要坐船的時候，尼爾會把集合地點告訴艾米爾他們，回到村子。當然，事先決定好目的地時，會直接在當地會合。

艾米爾心想「今天見不到那個船長了」，覺得有點可惜。但他很高興能去沒去過的地方。

「波波菈小姐收到村長寄的信，上面寫著有村民知道『祭品』的情報。」

小白先生叫我不要一次問這麼多問題，尼爾哥卻通通回答了——艾米爾很感動。他心想，小白先生是很溫柔沒錯，但尼爾哥更溫柔。

「崖之村嗎……」

他聽過這個地方。從北門離開，又不用搭船，應該是在北方平原周圍。

「真不想去那裡。」

白書大嘆一口氣。

「為什麼？」

「那裡的人都很陰沉，而且封閉又排外。」

白書再度嘆氣。艾米爾擔心他的書頁會不會掉下來飛走，開朗地試圖反駁。

「可是，他們不是提供了石板的情報嗎？那些人或許封閉又排外，不過也有不會這樣的人吧？」

尼爾和白書對對方使了個眼色。艾米爾心想「看來事情沒那麼簡單」，白書說：

「感覺很可疑。波波菈說她寄信給各地的村長打聽情報，結果立刻收到信說有人聽過『祭品』這個詞。怎麼想都不自然吧？」

「只是巧合吧？如果村長是在波波菈小姐問之前就寄信來，我還會覺得奇怪……」

既然是針對提問的回信，完全不會不自然。

「不僅如此。村長的信上提到那些村民開始開店了。他們竟然跑去開店。沒有比開店更不適合那些人的事。他們的心境到底產生了什麼樣的變化？」

既然白書說到這個地步，看來崖之村的村民「封閉又排外」並非誇飾，而是事實。

凱寧低聲詢問。

「產生變化的，真的是『心境』嗎？」

「改變的其實是其他東西吧？……我無法相信。」

從她用「那些傢伙」稱呼崖之村的村民來看，凱寧似乎認識他們。

「凱寧姊也去過崖之村呀。」

凱寧一語不發，代替她回答的是尼爾。

「她以前住在那邊。」

「原來是這樣。」

難怪自己聽過那個地方。既然是以前住的村子，任誰都會至少在對話中提到一次。艾米爾不記得凱寧詳細跟他說過，大概是聊天時順便提到的。

「所以凱寧姊等於是要回鄉囉。」

「回鄉？」

凱寧瞇細眼睛。是不高興時的表情。

「對我而言，那個村子是╳※○△☆！」

艾米爾不明白那句話是什麼意思，但他感覺得到凱寧的心情極度惡劣。也許是在崖之村有過相當不愉快的經歷。

不對，不是「也許」，而是事實。艾米爾知道，對於自己是「正常人」一事深信不疑的人們，對「不正常」的人有多麼殘酷。

他想起剛變成這副模樣後，來到尼爾的村子為凱寧姊除石化時發生的事。在那之前，他也因為擔心變成石頭的凱寧，去過好幾次村裡的圖書館，情況跟那時截然不同。

有人盯著他看，有人移開目光，有人明顯面露不悅。沒有半個人表情是友善的，還有人在竊竊私語，人人都表現出厭惡及輕蔑。若尼爾不在旁邊，搞不好會更嚴重，可能會被扔石頭吧。

因此，波波菈叫他們別進村子時，艾米爾認為這也沒辦法。只不過是從東門走到圖書館，這麼短的距離就讓他明白了。波波菈說的那句「到時害到的會是你們自己」，他也能親身感受到……儘管無法接受。

當時凱寧說她習慣了。意即凱寧在之前住的村子，大概也受到他人的歧視，沒辦法進入其中。那座村子就是崖之村。真不該隨便說出「回鄉」這種話……

艾米爾於內心向走在前面的凱寧的背影道歉。

2

「那是房子嗎!?好厲害。怎麼把房子蓋在那麼高的地方啊?真的不會掉下來?」

看見固定在懸崖上的水塔，艾米爾驚呼出聲。前往這裡的路途上，尼爾跟他分享了崖之村奇特的建築形式，艾米爾興味盎然地聽著。於是，尼爾便試著邀請他一起進村。

反正這裡的居民都關在水塔內，大概不用擔心被人用異樣的眼光看待，或者用無情的話語中傷。雖然居民可能會從鐵窗的縫隙間偷看，偷偷說他壞話，艾米爾應該聽不見。

不只水塔，在艾米爾眼中，風向雞跟吊橋似乎也很稀奇，他一下飛到旁邊戳風向雞的尾巴，一下鑽到吊橋正下方，看起來非常樂在其中。尼爾心想，幸好有帶他來。凱寧倒是堅持不踏進村子。

走過吊橋，藉由梯子爬上爬下，再度過橋。這段期間都沒看見村民。果然跟以前一樣，關在水塔裡面吧。

然而，尼爾不經意地從吊橋上望向村莊深處，嚇了一跳。

「有人……？」

蓋在橋墩正上方的廣場上有人，還不只一兩個。

「那就是他們開的店嗎？」

遠遠都看得見，有幾家攤販放著疑似商品的東西。

「真令人驚訝……」

「沒想到真的跟信上寫的一樣。」

「那『祭品』的情報也是真的囉？」

「是真是假就跟村長確認吧。」

尼爾回答「說得也是」，爬上通往村長家的梯子。他懷著「跟村民開始開店一樣，如果村長也變得比以前親切一點就好了」的期待，然而——

「沒救了……」

一敲響家門，就傳來這樣的回應。儘管如此，尼爾還是打起精神喊道：

「我們是從波波菈小姐的村子來的！」

「可怕……可怕啊……」

「我想問一下那封信的事！」

「這個村子完蛋了……」

白書嘆著氣說「他就是個陰沉的人」。可是，不能在這邊放棄。尼爾很有耐心地持續呼喚：

「村長！信是你寄的吧!?」

「我不知道……我不知道你說的信是什麼……」

「可是，你不是跟波波菈小姐說有村民知道『祭品』的情報……」

「我不知道……你們回去吧，我什麼都不知道……」

看這情況，根本沒辦法「確認是真是假」。尼爾無計可施。

「只能去問其他人了。」

「是啊，既然不是村長寄的信，那會是誰寄的？」

據波波菈所說，信是由郵差送來，因此可以確定是崖之村的人投進郵筒的。當時波波菈對抱持疑心的白書說：「內容暫且不論，信本身沒有可疑之處。」

問題在於，那封信是誰寫的。尼爾先前往離村長家最近的水塔。不過——

「我再也不相信別人了……」

對方只回了這麼一句話。再怎麼敲門、呼喚，都得不到回應。尼爾迫於無奈，只得去找隔壁水塔的居民。

「回去！我們不打算到外面！」

「沒關係，可以不用出來。聽我說幾句話就好。」

「回去！」

「波波菈小姐收到的那封信……」

「回去！」

無法對話，與五年前無異。尼爾前往有攤販的廣場，沿路挨家挨戶地呼喚，結果一模一樣。

「完蛋了……我們和你們……都完蛋了……」

「昨晚也有魔物來襲……」

「我太太不太對勁。」

「我不要……好可怕……」

「如果你們不是魔物，就拿出證據啊！」
「這座村子會變成什麼樣子!?」
村民所說的話充滿猜疑心及不安。光聽見從水塔裡傳來的聲音，就覺得憂鬱。因此，看見聚集在廣場的人們，尼爾鬆了口氣。在天氣好的日子外出，與鄰居交談、購物。稀鬆平常的景象，在崖之村竟然這麼有價值。
「有好多東西喔，看起來真愉快。」
艾米爾在通往廣場的吊橋前羨慕地說。尼爾想到，艾米爾說他從來沒在店裡買過東西。沒辦法控制石化能力的時期，他好像大部分的時間都待在洋房，變成這副模樣，能夠外出旅行後，他也從未踏進村子過。大概是至今仍在介意迪瓦菈和波波菈禁止他進出村子……
「只是去逛逛的話，應該沒關係吧？」
「咦？可以嗎？」
「可是，不要離開我身邊喔。」
「好的！」
艾米爾高興地點頭。對了，悠娜也喜歡跟去購物。悠娜的面容突然浮現腦海。尼爾急忙驅散必須快點救出她的焦躁感。欲速則不達。一旦心急，就容易漏掉線索或判斷失誤。

他做了個深呼吸，走進攤販林立的廣場。
「歡迎光臨。今天也進了很多貨喔。」
站在一籃蔬菜及水果後面的女性，親切地招呼他們。笑容燦爛，令人懷疑她是不是這裡的村民。
背後還有村民在聊「這陣風真舒服」、「一直待在水塔裡，身體會變差」。語氣輕快，跟隔著水塔聽見的模糊聲音截然不同。
「要不要買朵花？」
面帶微笑的賣花女子，令尼爾覺得怪怪的。不對勁。在任何一座城鎮或村莊，這個畫面都稀鬆平常，他卻有種詭異的感覺。是因為他對崖之村的居民抱持偏見，覺得他們都是陰沉的人嗎？
不，那不重要，得先調查信是誰寄的。尼爾決定暫時不管這股異樣感，叫住從旁邊經過的村民。
「不好意思。我們來自波波菈小姐的村子，在找從這個村子寄信給她的人。」
「信？」
「本來以為是村長寄的，但好像不是。」
「嗯——我不知道耶。」
「這樣啊……」

「對不起，幫不上忙。」

「不會。謝謝妳。」

這才是正常的交談。雖然沒得到任何情報，光是知道對話能成立，就是一種收穫……也只有崖之村才會連這點小事都稱得上「收穫」吧。

「問問看其他人好了。」

在附近行走的村民，尼爾通通問了一遍。每個人都給予正常的回覆。可是關於那封信，村民的回答只有「不知道」。

「居然沒人知道那封信……」

「對啊。照理說應該至少會有一個人知道吧。」

他重新環顧四周。開始在意剛才感覺到的異樣感了。那是什麼？而且，那種感覺現在仍在持續。究竟是怎麼回事？

「那名衛兵呢？」

在尼爾思考之時，白書開口說道。轉頭一看，廣場的角落不知何時冒出一名衛兵站在那裡。

「你還沒問那傢伙吧？」

「嗯、嗯，說得也是。」

他從來沒在崖之村看過衛兵。說起來，不只衛兵，連人都沒看過。他心想「也許就是因為這樣，我才會覺得不對勁」，向衛兵詢問信的情報。

「信啊……」

他感覺有點恍神，尼爾剛覺得自己是在白費功夫時。

「好像有聽過……」

「你知道嗎？」

本以為找對人了，衛兵卻缺乏自信地說：

「又好像沒有……」

「到底有沒有！」

白書著急地追問，然而，衛兵只是一直用略顯無神的雙眼注視尼爾。

「對了，你是凱寧小姐的朋友嗎？」

「對。」

話題突然被扯開，尼爾有點愣住，對方提到凱寧的名字更令他疑惑。不，凱寧以前住在這裡，有人認識她並不奇怪。是不奇怪，但有股異樣感……又是異樣感。

「我有聽說喔。你們在狩獵魔物對不對？」

尼爾沉默不語，白書代替他回答：

「正是。可以的話，這座村子的魔物我們也想通通殺掉。」

「是嗎……通通殺掉啊。通通殺掉……」

衛兵的態度突然變了。

「通通殺掉，通通殺……殺殺掉殺掉……」

疑似黑霧的物體，開始覆蓋衛兵的身體。

「小白！」

「我知道！」

飄浮在旁邊的艾米爾，移動到尼爾身後保護他。衛兵的輪廓變得模糊不清，化為黑影。

「是魔物！」

3

曾經拿來住的小屋，過了五年仍舊沒什麼變化。凱寧坐到當成床鋪的木箱上。

『因為它五年前就是棟破屋嘛！有什麼好變的！』

「吵死了。閉嘴。」

直接把話說出口，也不用怕被聽見。村民不會來這種地方，尼爾、白書、艾米爾也進村了。

『妳不去嗎？要放著最寶貝的同伴不管？』

才不是。這次她在內心回答。她判斷自己最好不要同行，僅此而已。要是大家被當成魔物附身的同伴，不曉得村民會對他們做什麼。而且這次只是要去村長家問話，凱寧不認為會有危險。

『是嗎？妳真的這樣想？嗯？』

杜蘭用這種故弄玄虛的語氣說話，是因為村裡有魔物的氣息吧。凱寧也感覺到了。然而，村裡有魔物出沒又不是一天兩天的事，也感覺不到大型魔物的氣息。這種程度的小嘍囉，尼爾他們就應付得來。

再說，他們可是穿越了魔物會接連襲來的北方平原，這種程度不足為懼。

『小嘍囉啊。嗯，是小嘍囉沒錯。數量不少就是了。』

只不過，雖說是小嘍囉，魔物的氣息比以前更加強烈。唯有這點令人不安。凱寧本想在等待尼爾他們的期間小睡一下，結果完全沒有睡意，反而很亢奮……是魔物導致的。

『哦？這樣好嗎？妳要去村子啊？』

凱寧一拿起雙劍站起來，杜蘭便開口挖苦她。

『村裡不是有一堆不愉快的回憶嗎？』

現在誰還管那麼多。對她扔石頭扔泥巴的人，用難聽的詞彙罵她的人，事到如今一點都不重要。那些傢伙只會欺負弱者。面對現在的凱寧，他們肯定只會低著頭瑟瑟發抖。現在有更重要的事要做。

『魔物啊，有喔。如妳所願，村裡一堆魔物。真愉快。』

凱寧飛奔而出。她感覺到每跨出一步，魔物的氣息就變得更加強烈。數量並不尋常，她後悔沒跟尼爾他們一起去了。

看見搭在村莊入口的吊橋，凱寧為之愕然。吊橋被魔物堵住了，路上和村子中央的橋上都全是魔物。

「混帳東西！」

凱寧在橋上衝刺，發射魔法。會晃動的吊橋不好站穩，無法盡情揮劍。用不著殺掉，把牠們從橋上弄下去即可。

靠魔法嚇阻、用劍刺、用腳踢。魔物身體傾斜。在前面的那隻從橋上墜落。凱寧反射性蹲下來維持平衡。配合吊橋的晃動刺出劍，又一隻魔物墜落。

她一邊擊落魔物，一邊於吊橋上前進，終於抵達對面的通道。

『嘿，妳聽見了嗎？聽見了吧？那些傢伙的聲音。』

凱寧沒有回答，踹向面前的魔物，趁牠站不穩的時候砍飛牠。走道雖然不像吊橋那樣會搖晃，卻很狹窄。穿著笨重鎧甲的魔物支撐不住自身的重量，摔了下去。口吐對凱寧的詛咒。

她聽見了。從踏進村莊的那一刻起，這裡的魔物似乎認識凱寧。一下罵她是被詛咒的女孩，一下罵她怪物，口不擇言。

『真敢說啊？你們明明也是魔物。』

確實。最先從吊橋摔下去的魔物，叫她滾出這個村子。這句話凱寧早就聽膩了。

『白痴就只會講同一句話。妳覺得那個白痴是從什麼時候開始在這裡的？』

凱寧回答「誰知道」，用力砍向準備發射魔法的魔物。那傢伙罵著「要是沒有妳就好了」，消失在谷底。同樣是凱寧聽膩的話。

她在通道上前進，前往村裡的廣場。尼爾他們正在戰鬥。大家都平安無事。

「我看你們一直沒回來，來接你們了！」

白書大聲說道「抱歉」。感覺得出他嘴上在道歉，心裡卻完全不這麼想。

「這場祭典挺熱鬧的嘛！」

杜蘭哈哈大笑，顯得無比高興。

『是殺人祭典！』

她可不想讓同伴聽見這句話。凱寧發自內心覺得，幸好杜蘭的聲音只有自己聽得見。

「凱寧姊村裡的人被魔物附身了！」

艾米爾用帶哭腔的聲音吶喊。

「不過不是所有人！裡面還有人類！」

她再度心想，果然該一開始就跟過來。廣場參雜著明顯是魔物的東西、外型是人類的魔物、外表及內在都是人類的人，陷入恐慌狀態。

照這情況，無法分辨人類及魔物的尼爾他們，行動會受到限制……

「這邊！跟我來！」

凱寧往人類外型的魔物身上一刀砍下去，踹飛正常的人類，開出一條路。裡面有認識的人，也有不認識的人。小時候霸凌凱寧的人，以及沒霸凌凱寧的人，如今都成了魔物，都死在她的劍下。

有人在哭喊「我們只是想安穩度日而已」，有人在哀求「我們厭惡鬥爭」。有人發出如同悲鳴的聲音，罵她是殺人兇手。

『對啊，怎麼看都是殺人兇手，人類又看不見裡面是魔物。』

可是，又不能因此不攻擊。不殺掉牠們，就輪到自己被殺。只要牠們是魔物，就不可能有其他選擇。

一行人好不容易逃出廣場，抵達吊橋的另一側。接下來只要穿過這條狹窄的道路……在她於腦中盤算之時，一名年輕女子阻擋在面前。女子拿著劍，將少年護在身後。

劍刃一閃。凱寧驚險地擋下攻擊，這一劍卻很沉重，再慢一步就會被殺掉。

「凱寧！他們是!?」
「女的是魔物！別被騙了！」
講出這句話就是極限。稍有鬆懈，敵人便會突破防線。女子的臂力並不尋常，凱寧感覺到自己正在被慢慢壓制住。
這時，發生一件令人不敢相信的事。女子朝背後的少年大叫，要他快逃。
「不要！我怎麼可能丟下姊姊逃掉！」
凱寧懷疑自己的耳朵是不是出了毛病。光是魔物保護人類就超出常理了，人類竟然叫魔物「姊姊」，也就是說……
『唷唷唷唷唷，那些傢伙在玩扮家家酒啊。』
從吊橋上墜落的魔物們，用跟村民一樣的語氣責罵凱寧。牠們很瞭解凱寧。現在她知道原因了。
「怪物！被魔物附身的怪物！為什麼要破壞我跟這孩子的生活!?我們一直過著平靜的生活啊！」
女子的聲音帶著哭腔，壓制凱寧的劍力道卻絲毫未減。
『要保護最疼愛的弟弟啊。真感人！真可笑！』
閉嘴閉嘴閉嘴！
凱寧用力把劍推回去。對杜蘭的憤怒，以及眼前這隻魔物帶來的焦慮，賦予手臂凶暴的力量。魔物突然失去力量，女子摔在地上。

「姊姊！」

少年衝到女子旁邊。女子宛如一具屍體，一動也不動。但牠是魔物，既然沒有變成黑色塵埃，代表牠還活著。凱寧持劍逼近，必須給牠最後一擊，因為是魔物。

「別過來！該死的魔物附身！」

這次換成少年把女子護在身後，對凱寧投以充滿敵意的眼神。凱寧不自覺地停下腳步。少年眼中的憎恨之情就是如此強烈。

「你的姊姊已經變成魔物了。」

尼爾鎮定地告訴他，少年的目光卻沒有一絲動搖。

「不管她是不是魔物，都是我的……我溫柔的姊姊！」

她無言以對。該對這個明知對方是魔物，依然將牠當成姊姊的少年說些什麼才好？

「你們才是怪物吧！」

少年的話語深深刺進凱寧心中。剛才那句「我們只是想安穩度日而已」再度浮現腦海。還聽見「我們厭惡鬥爭」的聲音。

渴望鬥爭的是？從事破壞與殺戮的是？是我。我才是……

「凱寧姊！危險！」

艾米爾的聲音令她回過神來。可惜為時已晚。曾經是姊姊的女子，於少年身後變化成魔物，魔物的黑色手臂逼近眼前。

「凱寧！」

呼吸停止。衝擊過後是一陣劇痛，意識中斷。

4

「艾米爾！凱寧交給你了！」

尼爾聽見背後傳來艾米爾回答「知道了」的聲音，砍倒眼前的魔物。「敵人」源源不絕，全被他砍了。

裡面或許也有人類，但他沒那個心思顧慮。一瞬間的躊躇就足以致命。

有什麼東西隨著怒罵他們是殺人兇手的聲音飛過來。不過沒有打中尼爾，而是掉在腳邊，大概是隨便亂扔的。是陶瓷製的花瓶。緊接著，杯子、湯匙，甚至連雞蛋都飛了過來。

明明沒有殺傷力，而且也沒命中，僅僅是砸在地上或牆壁上，卻帶來前所未有的痛楚。尼爾甚至覺得被石頭扔還比較好。

「不是的！各位！我們是為了保護大家不被魔物傷害……」

艾米爾用泫然欲泣的語氣吶喊。然而，村民一個字都聽不進去。

「求你們住手！」

他展開雙臂保護凱寧。為何會演變成這種狀況？他們來這裡獲取石板的情報，有魔物出沒，所以打倒了牠們。僅此而已，怎麼搞得像他們才是壞人一樣……

「凱寧！我們要離開這裡！快起來！」

尼爾一面將蜂擁而至的敵人全數斬殺，一面呼喚凱寧。除了離開這座村子，別無他法。

「凱寧，快醒來！」

不曉得殺了多少「敵人」。尼爾閃掉扔過來的東西，不斷揮劍，走道終於安靜下來。若是現在，有辦法逃出去。正當尼爾抱起昏迷不醒的凱寧，於路上前進時——

「尼爾哥！你看那個……！」

他望向艾米爾所指的地方，當場愣住。山谷中央有個黑色的漩渦。

「那個黑色漩渦到底是？」

跟魔物的屍體很像。死去的魔物會化為黑色塵埃消散，若屍體沒有消散，而是留在原地，是否就會變成那個狀態？不過，數量並不尋常。漩渦大到將村民用來擺攤的廣場整個包住都還有剩。

黑色漩渦旋轉的速度愈來愈快，於周圍蠢動的魔物接連被吸進去。看起來只是一團霧的漩渦，輪廓逐漸清晰。

「牠們難道在合體？」

以前凱寧說過魔物會合體。愈多的數量合體，就會變得愈強。而且合體的不只魔物。

「村民……被捲入了!?」

來不及逃掉，停留在廣場的人率先被吸進去。除此之外，躲在水塔裡的人也連同水塔一起被吸入。

黑色漩渦的不祥氣息愈來愈強烈，漩渦浮現明顯的輪廓。是一顆巨大球體。球體的旋轉方式轉為不規律，接著周圍的黑霧便消失了。

「那也是……連那種東西都是魔物嗎!?」

白書驚呼道。巨大球體的表面，確實跟魔物的體表有幾分相似。

「不過……不過，村裡的居民也在裡面！」

若想成村民被魔物吸入，就此喪命，心情或許還會比較輕鬆。只要跟平常一樣打倒牠即可。然而，村民確實「在」那裡。人類的說話聲混雜在魔物特有的聲音中，從黑色球體傳出。

『再也……不相信別人了。再也……不相信別人了。』

『我太太不太對勁……我太太不太對勁……』
『呵呵呵，那孩子沒事了。呵呵呵，那孩子沒事了。』
『我們不是魔物！救救我！』
『誰是人類⁉誰是人類⁉』
『好痛！好痛喔！媽媽！』
『住手……我們是……』
『我們是……我……村子……世界……這裡是，哪裡……我是……誰？』
這些話讓人想摀住耳朵。可是，村民的聲音以巨大的音量撼動山谷。滿溢怨恨及瘋狂的話語產生重重回音。
「球體中心好像有東西。」
「什麼東西？」
「看那邊！」
跟村民合體的魔物，不只會持續吐出詛咒，有「東西」在球體中央蠕動。那東西迅速變成帶紅色的圓形，不，是眼睛。充血的眼睛。紅色眼睛狠狠瞪著尼爾他們，其視線忽然化為實體。
「快躲開！」
尼爾大叫著跳向旁邊，艾米爾和白書逃到空中。空無一人的橋上及道路上，只留下黑色的焦痕。巨大眼球的視線是高溫的光束。
「被那個射中可不是鬧著玩的。」
艾米爾降落在附近，看著焦痕嘀咕道。
「不能置之不理……」
原本只想著要帶受傷的凱寧逃出去，看見巨大魔物後，尼爾打消了這個念頭。牠的破壞力太危險了。
尼爾朝球體中心的瞳孔射出魔力長槍。眼球看似眨了一下眼。球體周圍伸出無數分不清是鰭還是觸手的物體，覆蓋於表面。儼然是長了密密麻麻的睫毛的眼睛在開合。
「周圍的可疑觸手似乎會擋掉魔法。」
長槍在擊中觸手的瞬間消失，看來那些觸手同時也是魔法障壁。
「既然如此，只要避開它們瞄準就行了吧？」
觸手覆蓋在表面時，眼球恐怕也不能發射光束。若想用視線攻擊他們，就得睜開眼睛。這樣的話，代表在發射光束的途中及前後這段短暫的時間內，不會受到觸手的妨礙。尼爾瞄準好目標，以便隨時可以發射魔法，等待眼球發動攻擊。
「趁現在！把魔力集中在那傢伙的中心！」
魔力長槍射出，刺中紅色的眼睛。眼球顫抖，觸手抖動。

「打倒牠了嗎？」

做為回答的，是激烈的魔法攻擊。應該不是完全無效，但離致命傷相去甚遠。大量的魔力球往這邊飛來，彷彿被尼爾的攻擊觸怒了。尼爾一下用劍抵擋，一下跳到旁邊閃躲，卻沒能徹底防住。

「別畏懼這點程度的魔法彈幕！」

尼爾並不畏懼。即使多少會被擊中，他依然不打算減緩攻勢。他接連射出魔力彈。觸手再度覆蓋表面，彈開魔法。這時，白書一副突然想到什麼的模樣大叫道：

「背面！背面的防禦較為薄弱！」

看來那顆眼球不太聰明，似乎只有加強遭受攻擊那一側的防禦。

「我來牽制牠！」

艾米爾飛到眼球的正面。他往兩側移動，避開魔法彈幕，發射魔法。

「現在，應該能從背後攻擊牠……才對！」

尼爾點頭飛奔而出。從村莊入口附近的吊橋上面，能夠繞到背面攻擊。他在狹窄的路上全速狂奔。

「動作快！艾米爾要撐不住了！」

「我知道！」

他爬上梯子，又跑了起來。穿過不停搖晃的吊橋，站在中央的廣場上。

「小心瞄準！」

尼爾集中所有的魔力，將其發射出去。少了觸手保護的球體背面相當脆弱。數把長槍直接命中的瞬間，眼球開始劇烈顫抖，防護罩逐漸剝落。本以為這次一定能收拾掉牠，眼球卻比想像中更頑強。

「竟然還動得了……」

「不過魔法防護罩消失了，只剩下本體！」

還差一點，差一點就能打倒。這時，尼爾聽見艾米爾在呼喚他。艾米爾從上空飛過來。

「請跟我一起攻擊那傢伙！現在一定能打倒牠！」

「好！」

剛才他們必須分開來從前後方攻擊，現在魔法防護罩消失了。有究極兵器的魔力和白書的魔力，只要將兩者集中在同一點上，想必能造成重創。

艾米爾開始念咒，周圍籠罩白色的光輝。被光芒包圍的艾米爾舉起手杖，尼爾配合他的動作，跟著使用魔法。究極兵器的魔力與白書的魔力合而為一，化為一道奔流，變成威猛的長槍貫穿眼球。儘管如此，艾米爾仍未鬆懈。白光壓爛了像在抵抗般顫抖不已的眼球。

「成功了……！」

眼球噴出大量的血液，完全停止動作。合體的魔物固然難纏，這次確實殺掉牠了。

「艾米爾？」

沒有回應。面前的敵人已經不動了，他卻再度舉起手杖。

「喂！住手！艾米爾！」

艾米爾身周又開始發出白色光芒。不僅沒有收束，光芒還愈來愈亮，他大大展開雙臂。

「艾米爾！」

「不，艾米爾不在這裡。身在此處的……」

只剩最強兵器的本能。艾米爾的尖叫蓋過了白晝的聲音。光芒帶有熱度，情況不妙。尼爾衝向倒在地上的凱寧，拖著她前往村莊的入口。

在跑過發出可怕吱嘎聲的吊橋的期間，艾米爾的魔力仍舊處於失控狀態。四周的空氣震動，光芒膨脹，固定於懸崖上的水塔跟道路接連崩落。

尼爾抱著凱寧過完橋的瞬間，純白光芒迸發，吞沒了整座山谷。

目所能及之處，唯有一片藍天。

艾米爾在哭泣，道歉的話語伴隨嗚咽聲脫口而出。尼爾不曉得該對他說些什麼，只是默默坐在旁邊。恢復意識的凱寧也一語不發。

「……都是……我害的……」

大概是白光過於刺眼的關係，殘像並未立刻消失。視野恢復正常後，眼前空無一物。巨大的眼球、吊橋、道路、水塔、風向雞，通通被魔力光芒壓垮、吞噬，消失不見。連懸崖及谷底都被整塊削下，周圍的地形變得截然不同。

取回理智的艾米爾看見這副景象，會有什麼樣的心情？光想就令人心痛。

「別哭了。」

「可是……可是……是我的錯……」

艾米爾大聲啜泣。尼爾輕輕撫摸他的頭，艾米爾卻沒有停止哭泣。

「不過，是你救了我們。」

「咦？」

他終於抬起頭。

「要是沒有你，我們已經死了。」

他不認為單憑這句話就能拯救艾米爾。這個結局對溫柔的艾米爾而言，太過殘酷。大部分的村民都被黑色漩渦吸收，當時崖之村就沒多少活人了，但就算考慮到這一點，應該還是無法消弭艾米爾的罪惡感。儘管如此——尼爾心想。

「謝謝你。」

「可是……我……」

「沒關係。」

他輕拍艾米爾的肩膀，站起身。深深凹陷的谷底被白霧遮蔽。抬頭一看，映入眼簾的是殘缺的山峰及無情的藍天。他們破壞的存在、犧牲的存在，實在太過巨大。

「別再……回頭了。」

這句話同時也是對自己說的。不能停下腳步。既然造成了這麼多的犧牲，只能繼續前進。

他張開緊握的手，伸向艾米爾。是破壞與犧牲換來的代價。

「這是……!?」

艾米爾低頭望向尼爾的手心，倒抽一口氣。是他們前來此處的目的，「祭品」的石板。

〔報告書 13〕

崖之村滅亡了。尼爾順利帶回「祭品」的石板，但他好像在隱瞞什麼，因此我試著前往當地調查、分析（當然選在不會被任何人發現的夜深人靜之時。這部分我不會失誤）。

令人驚訝的是，崖之村消失得不留痕跡。整座山谷被用某種方式挖掉一塊。從現場殘留的強大魔力痕跡判斷，推測是七號做的。

大概是崖之村的居民知道波波菈在找「祭品」的情報，用村長的名義寄了信。目的當然是引尼爾出來殺掉他。對於跟「魔物」共存的他們來說，尼爾的存在想必會造成威脅，沒想到弄巧成拙。

那座村子本來就有一部分——不對，大量的村民會引發問題，我們一直在煩惱該怎麼處理。本想將其當成測試案例，避免事情鬧大，從結果來看，這個做法或許也不可行。「魔物」與「人類」共存有許多問題，極其困難。除了執行計畫，果然沒有其他選擇。

如此一來，必須盡快阻止失控的「魔王」。我不會說最近接連發生的異狀起因都在於他，不過可以確定，大多都是因為他失去了控制。至少「魔物」及黑文病患者增加一事，反映出他漸漸無法維持正常的精神狀態。

看起來全是壞消息，但也有好消息可以報告。石板只剩「忠誠的賽柏洛斯」要回收。接下來就是等波波菈解讀暗號了。

此外，我們準備了新的殺手鐧，以阻止失控的「魔王」。當初我們打算利用尼爾控制「魔王」。然而，尼爾的戰鬥力提升得比想像中還高，同樣難以控制。以目前的情況來說，我們擔心這樣會不會反而招致最壞的結果。

關於這方面，這次準備的殺手鐧能靠我們的力量控制，也能應對突發狀況。是用來阻止「魔王」失控的極有效手段。我們打算留著這張王牌，繼續讓尼爾回收石板。

這次也寫得很長，不過我並未提供無用的情報，而是因為必須特別說明的事項增加了，敬請見諒。近況報告結束。完畢。

（記錄者·迪瓦菈）

NieR:RepliCant
ver.1.22474487139...
《型態計畫回想錄》
File02

青年之章 6

1

很久沒走路去南方平原了。

最近前往海岸鎮的時候都是搭船。水上不會有魔物，跟有裝備鎧甲的中型魔物徘徊的南方平原不同。安全、能載行李，速度又快，誰都會選擇搭船。

「這裡的魔物也變強了。」

即使有凱寧的雙劍跟艾米爾的魔法這兩個強力的後援，還是得花一段時間才清得掉。

「表示魔物應該也會學習。」

「在這種狀況下，沒船搭很讓人頭痛。不僅限於我們。」

波波菈說，紅色包包船長最近沒來上班。這幾天確實都沒在村裡的小碼頭看過他，尼爾也很在意。

崖之村的那起事件過後，艾米爾好像沒什麼精神。尼爾覺得只要跟紅色包包船長聊個天，他心情是不是就會稍微好一點，打算搭船去海岸鎮一趟。才剛這麼想，就得知這個消息。

因此，波波菈問他方不方便去海岸鎮看看情況時，尼爾二話不說就答應了。除了想為艾米爾排解憂鬱外，另一部分也是因為，會用到船的並非只有尼爾他們。尼爾的村子有許多食材要靠船從海岸鎮載來。貿易船不能用的話，村裡的糧食問題會立即惡化。

尼爾當天就跟凱寧和艾米爾於南門外會合，前往海岸鎮。本以為有三個人在，穿越南方平原應該不用太久，結果花了不少時間。

「船長不知道是不是感冒了，我好擔心。要不要去探病呀？」

「不一定是生病，今天我和小白去就好。」

「不過……」

「艾米爾很久沒去看賽巴斯汀了，跟凱寧一起回家吧。」

若要走到南方平原，中途會經過艾米爾以前住的洋房。從決定要去海岸鎮的那一刻起，尼爾就打算勸他回去一趟。不是只有搭船能消愁解悶吧。

他在通往洋房的山坡下與兩人道別，跟白書一起趕往海岸鎮。

「以前發生過同樣的狀況……」

五年前，同樣是波波菈說負責整修水路的人沒來工作，拜託他去看一下。

「從那對夫婦的個性推測，八成又吵架了。」

白書說出尼爾正在想的事。五年前，紅色包包男子不來工作的原因，就是太太離家出走。

「太太又離家出走了嗎？」
男子坐在家門前的模樣浮現腦海。
「很有可能。總之這次要繃緊神經，免得惹麻煩上身。」
這也是尼爾正在想的……
然而，尼爾他們的猜測有些出入。坐在紅色包包夫婦家門前的不是丈夫，而是太太。
「啊啊……沒救了。我的人生沒救了……」
白書咕噥道：「這個狀況以前也發生過。」
「那個，請問妳怎麼了？」
「你們是……」
紅色包包女子的視線，在尼爾跟白書身上來回移動。
「我姑且問一下。發生什麼事？」
「其實……我們又吵架了，我先生離家出走……」
這次離家出走的不是女方，而是男方。
「哼，我早就猜到八成是這樣。」
「是他不好！他把我特地留起來的蘋果吃掉了！」

想起來了。這對夫婦的共通點，是極度喜愛「紅色的東西」。聽說他們總是揹著買來當結婚紀念禮物的紅色包包，每天都會吃紅色的蘋果。

「我懂妳的心情，可是只不過是蘋果……」

講錯話了。紅色包包女子眉毛倒豎。

「只不過是蘋果？你說只不過是蘋果!?」

無力地坐在地上的她忽然起身。

「你聽好，是十個喔，十個！一個人吃了十個！」

「那還真厲害……」

「哪裡厲害！他太過分了！」

「啊……好。」

感覺講什麼都可能觸怒她，尼爾無言以對。

「你不覺得不小心罵得太過頭也不能怪我嗎？對不對？沒錯吧!?」

「……是的。」

「好吧，我的確說得太過分。我承認。但我沒想到他會一星期不回家……」

紅色包包女子講話突然哽咽起來。倒豎的眉梢這次直線垂下，豆大的淚珠自眼眶滑落。

「我、我知道了！我們會幫忙找他！」

「咦？真的嗎？好高興！」

淚水瞬間止住。她前一刻還在哭泣，如今卻已露出燦爛的笑容。

「謝謝！麻煩兩位了！」

尼爾心想，這個人在各種意義上都很了不起……

都聽從白書的建議**繃緊神經**了，結果還是惹上了麻煩。五年前擺脫不掉，這次當然也不可能逃得掉。

跟上次一樣，他最先去的地方是酒館。要打聽情報的話，人多又人人都會打開話匣子的地方最為合適。幸好今天在南方平原耗掉不少時間，抵達鎮上時已經過了傍晚，是酒館最熱鬧的時段。

尼爾說著「你好」走進店內，看見一名面熟的女性。五年前從她口中得到了線索。他懷著這次也會有收穫的期待跟她搭話。

「我在找揹紅色包包的男人，當船長的那位。請問妳知道他會去哪裡嗎？」

「怎麼了？那對夫妻又吵架啦？還是離家出走？」

「是的。好像是先生離家出走……呃，這種事很常發生嗎？」

「現在他們被叫做『暴風般的吵架夫妻』，是鎮上的名人。」

以前只是「吵架夫妻」而已，沒想到在這五年間獲得了「暴風般的」稱號。

「對對對，我想起來了。記得先生的故鄉是有圖書館的村子。」
是尼爾的村子。附近只有一座村子有圖書館。
「是不是回那邊了？之前她離家出走，引起騷動的時候，不也是回娘家嗎？」
她信心十足地說「這次一定也是啦」，豪邁地喝光玻璃杯裡的酒。
「我還記得他說過哥哥是村裡的衛兵。」
「這樣啊。謝謝妳告訴我這麼多。我馬上去問他。」
「哎呀，幹麼那麼急？留下來喝一杯嘛。」
女子拉著他的手臂，尼爾急忙逃離酒館……

2

當晚他在海岸鎮過夜，隔天一大早出發，上午就去接艾米爾跟凱寧。
「那位船長原來和尼爾哥是同鄉嗎!?好驚訝。」
「我也嚇了一跳。還以為村裡的人我大多都記得，原來還有不認識的。」
他們一面聊天，又狩獵起南方平原的魔物。累了就休息，走了一段路再繼續狩獵魔物……重複這個過程回到村裡。再怎麼狩獵，魔物都會出現。到底是從哪冒出來的？尼爾感到不耐。

回到村子時，尼爾精疲力竭，卻沒空休息。得先去找包包船長的哥哥。在尼爾的村子中，北門、東門、南門各有兩名衛兵負責看守。他決定先去找南門的衛兵。

「嗨，有什麼事嗎？」

「你認識揹紅色包包的船長吧？」

「嗯，認識啊。他是我弟弟。」

馬上就找到了，白書積極地詢問：

「那你的弟弟現在在哪裡？」

「不知道。我們最近沒有見面，他很久沒回這邊了。」

「是嗎……」

仔細一想，如果他回村了，波波菈何必託人去看看情況。村裡的消息，經常待在酒館的迪瓦菈大致上都掌握得很清楚。

「啊，不過弟弟說要用船載信，郵局的人或許會知道。」

「郵局啊，感覺可以去問問海岸鎮的郵差。」

「唉，又要回去了。」

不能怪白書語氣不耐。經過南方平原時，非得跟魔物纏鬥將近半天。如今他已經習慣經由輕鬆的水路移動，徒步移動有點麻煩。

「你們在找我弟弟嗎？」

「對。波波菈小姐說他這幾天都沒去工作，請我們幫忙找他。」

他實在開不了口說，是因為跟妻子吵架才導致他離家出走。

「見到我弟，可不可以幫我叫他偶爾回家一趟？」

船長的工作很忙。就算有機會回村，應該也沒空離開碼頭。但身為他的家人，這樣太寂寞了。難得來到附近，自然會希望他順路繞回家。

尼爾回答「我會轉告他的」，離開南門。

「尼爾哥，怎麼樣？見到船長了嗎？」

「不。他沒回來這裡。」

「這樣呀。」

艾米爾語帶遺憾。

「早知如此，就請你們在洋房好好休息了。」

「咦？」

「我們要回海岸鎮，郵局的郵差說不定會知道些什麼。」

他以為回到村子就能見到紅色包包船長，才去洋房接艾米爾跟凱寧。因為只要有船長在，就能搭船移動，可以不用經過南方平原。早知道要徒步走回海岸鎮，大可之後再去接艾米爾他們。艾米爾卻搖頭表示沒這回事。

「不可以！尼爾哥和小白先生單獨往返南方平原，太危險了！」
「說得也是。少了你們，確實得花上不少時間驅逐魔物。」
「對吧！」
艾米爾高興又有點得意地挺起胸膛。
「話說回來，沒想到為了找一個男人，要走這麼多路。」
「偶爾幫助別人一下，不也不錯嗎？」
收集石板需要連續與魔物交戰。不僅如此，至今以來守護石板的，都是南方平原的魔物無法相比的強大敵人。思及此，就會覺得這種和平的任務也不賴。
「但願不是暴風雨前的寧靜……」
白書真的很悲觀。

這次凱寧和艾米爾也跟到了海岸鎮外面。若能查明紅色包包船長的下落，之後就會改成坐船移動。或者，如果又得移動到其他城鎮尋找線索，能盡快與兩人會合也比較方便。雖然他不太想考慮到這個可能性。
尼爾留下在城門旁邊準備露宿的兩人，與白書一同來到郵局，在途中遇見紅色包包女子。
「啊！是你們！我先生呢!?找到他了嗎!?」

「不，還沒……」
尼爾覺得她立刻垂下頭的模樣很可憐，急忙補充：
「郵差搞不好會知道些什麼，大概很快就找得到了。」
前一刻還面帶愁容的女子，馬上露出笑容。
「真的嗎!?」
「大、大概……大概啦。」
尼爾連忙幫她打預防針，紅色包包女子卻沒聽進去。
「等他回來，我要好好訓他一頓！」
「訓他什麼？」
「因為他竟敢拋下我一個人！我要讓他嘗到地獄的滋味，免得他又有這種念頭！」
「這就是他不回家的原因吧？」
我也這麼覺得。尼爾在內心附和白書……
然而，待在郵局的是看似漁夫的男人，而非郵差。
「咦？郵差呢？」
「哎呀，我只是來領東西，他就拜託我幫忙顧一下這邊。你也是來領東西的嗎？」

「不是的。」

尼爾搖頭。

「我在找人。揹紅色包包的……不對，吵架夫妻的先生好像離家出走了。」

「噢，那對夫婦啊。」

光講吵架夫妻，對方就立刻知道是在指誰，看來他們真的成了「鎮上的名人」。

「你有沒有聽說什麼？」

「不好意思，我可能幫不上忙。」

「是嗎……」

果然只能等郵差回來嗎——白書喃喃自語之時，看似漁夫的男子似乎想到了什麼。

「講到這個，我的同事也說女兒離家出走，現在還沒回來，擔心得不得了。」

「有兩個人離家出走，下落不明。是巧合嗎？」

而且時間還很接近。

「知道那孩子會去哪裡嗎？」

「這個嘛，她還是個小孩，所以能去的地方也有限。噢，對了。」

「有頭緒了嗎？」

「只是推測啦。有艘遇難船漂流到鎮上的海灣。小孩子都很好奇。畢竟那艘船非常大。」

「意思是她跑進遇難船裡了？」

「我們有提醒孩子們不要靠近……不過也有那種愈是禁止，他們就愈好奇的小孩對吧？」

小孩子跑進遇難船，被困在裡面，聽見聲音的船長前去救人，結果兩個人都被困住……這樣的情境浮現腦海。

尼爾向看似漁夫的男子道謝，離開郵局，和白書一起前往西邊的海灣。

3

「……茶嗎？還是要吃飯？雖然時間有點早。」

艾米爾說的話，她只聽見一半。他坐在篝火前，納悶地抬頭看著凱寧。

「凱寧姊？」

「什麼？抱歉。我在想事情。」

「我先來泡茶喔。」

艾米爾沒有因此不高興，開始用篝火燒水。左半身在騷動，杜蘭拋出意味深長的問題。

『妳也發現了嗎？』

嗯，凱寧在內心回答。在離海岸鎮還有一段距離的地方，她就察覺到那股氣息了。

『感覺到一股奇怪的魔力……』

沒錯，奇怪。凱寧從未感覺過如此奇怪的氣息，起初還以為是錯覺，或是天氣所致。她覺得今天的風不太舒服。

不過愈接近城鎮，那股氣息就愈來愈強烈。準備在外過夜時，她明白不是錯覺，也不是天氣的關係。

這是魔物嗎？可是，以魔物來說……

『這樣真不像妳。與其用妳那跟米粒一樣小的腦袋思考，動腳更快吧？』

雖然這句話語帶嘲諷，唯有這次，她承認杜蘭說的是對的。再怎麼思考都沒用，只能親自確認。那股氣息就是異常到這個地步。

「凱寧姊，怎麼了？妳在擔心什麼？」

她本想否認，話還沒說出口就決定作罷。凱寧點了下頭。

「我感覺到疑似魔物的氣息……從鎮上。」

「鎮上有魔物嗎!?」

「不確定是不是魔物……」
「可是有危險對不對？所以妳才會一臉擔憂？」
她沒有否認也沒有肯定，艾米爾卻看穿了她的想法。
「我們走吧！」
「那裡有人住，最好等居民都睡著再說……」
「不行，要趕快動身！因為尼爾哥和小白先生都在那裡喔？」
的確，等到晚上說不定不太妙。最近魔物在白天也開始活躍起來，但牠們原本是夜行性的。白天應該會稍微安分一點。
「妳放心。那裡可是船長住的城鎮，一定不會全是壞人。」
「說得對，走吧。」
凱寧迅速撲滅篝火，帶著艾米爾踏進城市。一進入市內，她便將居民的視線拋到腦後。那股氣息異常到她沒心思顧慮那些。
「……在這。」
本能在訴說著不想靠近。往那個方向走，一定會遇到。
『這股魔力真可怕。』
閉嘴，會害我分心。
兩人從大街走進狹窄的道路，來到類似洞窟的場所。就在前面。

『喂，妳聽見了嗎？』

從氣息的來源傳來某種聲音。既高亢又低沉，一再重複的聲音。空氣在震動。為何？這是聲音？無論是什麼，人類的耳朵聽不見……思及此，突然有人呼喚她的名字。

「凱寧！艾米爾！」

尼爾往這邊跑過來。他說要去找郵差，可見郵局應該就在這附近。

「你們怎麼跑進鎮裡了？」

「對不起，來得這麼突然。凱寧姊說她在這附近感覺到異常的氣息。」

「異常的氣息？是魔物嗎？」

凱寧點頭。

「前面有『聲音』傳來……」

「前面指的是海灣對吧。」

看來氣息的來源似乎是海灣，但凱寧不清楚海岸鎮的地形，所以不知道。

「……不過，我無法確定那是什麼。」

該稱之為魔物嗎？不，肯定是魔物。不會有錯，可是氣息比她目前遇過的魔物都還要強烈……又奇怪。

「內衣女唯一的特技竟然沒用嗎？」

「小白先生！」

她有種被白書嘲諷的感覺，卻沒聽進去。聽見艾米爾大喊著抗議，才終於發現他在嘲諷自己。

「凱寧？怎麼了？」

平常會回罵「你這破紙片！」的凱寧沉默不語，尼爾大概是在擔心。

「沒事，快走吧。」

她帶頭邁步而出。本能在提醒她有危險，她強行驅使快要腿軟的雙腿前進。不尋常，這股氣息不尋常。不想去，想趕快回去。

『我想也是，誰都會想回去。畢竟這傢伙是……對吧？』

杜蘭也挺安分的，不曉得是不是錯覺。牠不像平常一樣「欣喜若狂」。凱寧心想，不意外。杜蘭之所以喜歡暴力及殺戮，是因為牠能站在加害者的立場。這次可能會反過來……

「好壯觀！這艘船好大喔！」

一穿越洞窟，艾米爾就大聲讚嘆。一艘巨大的木船擱淺了，幾乎把整個海灣擋住。船桅斷裂，船身發黑，想必漂流了很長一段時間。

『在這裡面。』

奇怪的氣息來源就在這艘船內。左半身一陣顫抖。杜蘭咕噥道「是共鳴」。恐怕是魔物的部分在顫抖，與杜蘭的意志無關。這種情況從未發生過，意即對方是前所未有的強敵。

「有沒有辦法進去呢？」

「看它腐朽成這樣，船身應該會有破洞？」

尼爾他們似乎打算進入其中，不停在周圍調查。

「小孩要跑進去的話，會在更低的位置吧？」

「小孩？」

「嗯，聽說這幾天，鎮上有好幾個小孩失蹤。」

尼爾向她說明，郵局那位看似漁夫的男子說有一個女孩失蹤，在大街上聊天的老人說有兩個男孩失蹤。

「我們在想會不會是跑進遇難船玩，被困在裡面了。」

是嗎？凱寧只擠得出這句話。從船裡洩出的氣息，讓她很不舒服。

「找到了！在這裡！」

繞到船身後方的尼爾大喊道。那裡有個足以讓人通過的「洞」。只是因為從內側用木板擋住，剛剛才沒發現。就算沒有這個洞，這艘船也是破破爛爛。

「這塊木板只是靠在上面而已，挪開來應該就進得去。」

尼爾俐落地將木板拿到一旁，毫不猶豫進入船內。白書跟在後頭。只能做好覺悟了。凱寧輕輕吸了口氣，踏進那個洞穴。

『可怕的臭味愈來愈近囉，凱寧。』

如杜蘭所說，船內瀰漫刺鼻的惡臭。然而，似乎只有她和杜蘭感覺得到。尼爾無憂無慮地說著「魚腥味果然很重」。

凱寧忍不住向後退，腳底發出令人不安的吱嘎聲。

「內衣女，妳可別隨便破壞啊。這艘船一堆地方都快腐朽了。」

「嗯、嗯……」

她好不容易才擠出這句話。不想再張開嘴巴，不想吸進船內的空氣……

『妳也察覺到了吧。這股臭味有什麼意義。』

意義。她不想去思考這股惡臭的意義，因為……

「凱寧？妳真的沒事嗎？」

「請不要勉強。」

尼爾和艾米爾紛紛表示關心，她卻因為無法順利吸氣的關係，回答不出來。

「對了。我們要不要從外面探索？這樣也能呼吸外面的空氣，如何？凱寧姊。」

「……好，就這麼辦。」

她故作鎮定，卻已經撐不下去。凱寧迅速跑到船外，盡情呼吸。冰冷的臉頰及指尖逐漸恢復溫度。

她從來沒想過，燦爛的陽光及從海上吹來的風是如此可貴。

4

凱寧和艾米爾離開後，尼爾決定在船內走動。

「好暗……」

微弱的光線從木板縫隙間射入，卻沒亮到能用來搜索。

「是不是有盞提燈掉在那裡？」

白書的觀察力很敏銳。撿起來一看，裡面還有油。

「好像還能用。」

「應該也有外面的光照不進來的船艙，趁還看得見的時候點燃吧。」

白書的忠告相當實用。走沒幾步，外面的光就完全照不到了。要是沒有這盞提燈，尼爾只能放棄探索，掉頭就走。不對，連回程大概都有困難。

畢竟地上充滿空瓶、破掉的木箱、用途不明的金屬等障礙物。他拿提燈照亮地面，以免不小心摔倒，壓低身子前進。

由於他只顧著注意地上，慢了一步才發現。有道人影從照明範圍外的不遠處經過。

「剛才那是!?」
「我也看見了。」
「好像是……一個女孩子？」
是一個嬌小的人影，疑似看見隨風飄曳的長髮。
「搞不好是那個離家出走的少女，最好把她帶回來。」
「她是不是進了那個房間？」
尼爾用提燈照亮房門半開的房間。燈光照亮的是木箱、木桶、空瓶……全是之前經過的地方也有的東西。
「沒有人。」
他走進室內，藉由提燈的燈光照亮木箱及木桶的陰影處，卻沒看見少女。
「奇怪……跟看到幽靈一樣。」
「少、少說蠢話！一、一定是哪裡有破洞！」
尼爾想起第一次進艾米爾家探索時的回憶。小白真的很怕幽靈、詛咒之類的東西。
「我、我說得沒錯吧？她一定在隔壁的房間……」
「不在。」
他推開門，用提燈照亮室內，裡面空無一人。白書倒抽一口氣。

「噢，還有一扇門，好像可以進到裡面。去看看吧。」
尼爾正準備邁步而出，發現腳邊掉著一個圓形物體。
「是蘋果。有點壞掉，不過應該是最近掉在這邊的。」
抱怨「他把我特地留起來的蘋果吃掉了」的聲音浮現腦海。
「唉，他是想躲在船裡，直到消氣嗎？傷腦筋。」
或是沒辦法放著離家出走的少女不管，在試圖說服她回去。不管怎樣，看來不是被困住了。那名少女沒有受傷，又能走到這裡，表示很容易就能進出這艘船。
「總而言之，往裡面找找看吧。」
前進了一段時間，有道通往上方的樓梯。抬頭一看，眼前昏暗無光。就在尼爾準備用提燈照亮前方時，忽然傳來重物的撞擊聲。
「那、那是什麼聲音!?」
「從樓上傳來的，是剛才那個女孩嗎？」
樓梯嚴重腐朽，用點力可能就會踩出一個洞。小心翼翼地站上去，依然發出巨大的吱嘎聲。即使是體重輕的小孩，也不可能不發出半點聲音就爬上樓梯，尼爾卻沒有將自己的想法說出口。他不想再嚇到白書。
他花了好一段時間爬上樓，得知剛才的聲音來自何方。
「桶子倒下來了……」

用提燈一照，滿地都是白色粉末。桶子裡裝的似乎是麵粉。

「是剛才那女孩撞倒的嗎……嗯？喂，你看地上。」

白書的正下方有一道白色足跡，通往走道的底部，推測是踩到麵粉留下的。

「跟著它走，或許就能找到那孩子。」

不只足跡，牆上還有白色的手印。可能是撞到桶子時不小心跌倒了。

足跡及手印在盡頭的門前中斷，門卻是鎖著的。

「奇怪。那孩子應該是從這裡走過去的，為什麼有上鎖？」

「幽、幽靈這種東西才不存在！一、一定是重新鎖上了。不會有錯！」

「我又沒說是幽靈，不知道有沒有鑰匙。」

前方的房間沒有上鎖，裡面跟船底同樣雜亂，椅子倒下，水壺、水桶掉在地上。牆邊的書桌也亂七八糟地放著厚重的書和筆記本。

「好像是航海日誌。」

他特地飛到附近，應該是想看內容。尼爾為白書翻開厚重的書，用提燈照亮。

「船的航線、天氣、入港紀錄……不愧是大型船，記錄得很詳細。」

他配合白書閱讀的速度翻閱書頁，翻著翻著，出現一個字都沒寫的白紙。這本日誌的紀錄到此為止。

「紀錄中斷了。」

「不是因為旅途結束了嗎？」
「這樣的話，照理說會在最後寫下入港紀錄，但就我看來，最後的紀錄似乎是在大海的正中央。」
這艘船究竟遇到什麼事？在航海途中遭遇無暇記錄的災難？還是……？
「這本筆記本呢？上面寫著一堆文字跟數字。」
「我瞧瞧。船上的貨物？是帳簿嗎？唔……這是!?」
看著帳簿的白書為之語塞。不過，他立刻用毫不掩飾嫌惡的語氣罵道「太沒人性了」。
「這艘船似乎是做人口買賣的商船。」
「把人……當成商品？」
「沒錯，看起來還賺不少。」
「為什麼要做那種事？」
「我並不想知道。愚蠢的人類隨處可見，走吧。」
白書飄離書桌。確實，尼爾不認為繼續解讀航海日誌、帳簿之類的東西有任何意義，也沒那個時間。
他將帳簿放回桌上，看見一串鑰匙隨便地擱在那邊。
「小白！是鑰匙！」

他們進入這個房間，本來就是想找盡頭那扇門的鑰匙。尼爾祈禱著這串鑰匙中會有正確的鑰匙，返回通道。

幸好鑰匙串裡有正確的鑰匙。打開門後，不出所料，白色足跡及手印通往深處。

「……聲音？」

聲音是從房間裡面傳來的。

「什麼聲音？難道是歌聲？」

像聲響又像人聲。但若是人聲，聽起來不像在交談。尼爾循著聲音，走進更深處的房間。愈靠近就愈聽得出，那不是聲響，而是人聲。聲音有高低起伏，所以推測是歌聲。有點走音就是了。

白色足跡及手印已然消失。可是，聽得見歌聲。尼爾環顧室內，在牆邊看見金屬製的細管，歌聲就是從那裡傳來。

「女孩子的聲音？」

他伸手碰觸管子，聲音便停住了。

「剛才那首歌是？是那孩子唱的嗎？」

「這是傳聲管。」

白書向他說明，傳聲管是將聲音送到其他地方的道具。

「意思是那孩子就在管子另一端的房間囉？」

「等等，牆上貼著船內的平面圖。這個房間八成是負責在船內傳遞訊息的人住的。」

白書飛到平面圖旁邊，不久後說道：「是船尾的房間。」

「好，往裡面走就對了吧。」

他回到走廊，前往深處。這艘船結構複雜，難以記住。尼爾事到如今才想到，早知如此，真該把牆上的平面圖撕下來帶在身上。

倒下來的桶子擋住了通道。他將桶子移到旁邊時，有個東西從中掉出。

「筆記本？為什麼會在桶子裡？」

打開一看，上頭寫著日期及文字。看來是日記。

╳月╳日　暴風雨過後，出現一隻怪物。同伴當著我的面被吃掉。

╳月╳日　聽見船長的慘叫聲。

╳月╳日　不知道從哪裡傳來喀哩喀哩的聲音，然後就變安靜了。

╳月╳日　去船底取水的時候，發現商品全毀了。我急忙掉頭。

╳月╳日　門被破壞了。我躲進桶子裡。

╳月╳日　上方的房間傳來慘叫聲。

╳月╳日　隔壁的房間傳來慘叫聲。
╳月╳日　好餓。
╳月╳日　好餓。
╳月╳日　好餓。
╳月╳日　聽不見其他船員的聲音了。
╳月╳日　聽見怪物的腳步聲。

或許是因為他躲在昏暗的桶子裡寫字，文字從途中開始變得很亂。最後幾頁只寫著潦草的「救救我」。

「這……是實際發生的事嗎？」

「不知道。」

白書簡短回答。只不過，之前進入的船艙都亂七八糟的。走廊上有好幾個壞掉的木箱。本以為這艘船遇到了暴風雨，現在想想，會不會是「怪物」肆虐的痕跡……

「咦？又有蘋果掉在地上。」

「那個船長到底帶了幾顆蘋果在身上？」

既然有辦法一次吃掉十個，他在那個紅色包包裡面裝滿蘋果也不奇怪。可是，蘋果隨便掉在地上令人在意。為何不回來撿？

尼爾邊想邊打開門，差點把提燈弄掉。

「什麼味道!?」

這股惡臭足以令他下意識後退。魚壞掉的話是不是就會發出這種臭味？魚在尼爾住的村子很珍貴，所以沒人會放到牠壞掉。魚壞掉的臭味他也不常聞到，無從判斷。

「聲音聽起來是來自前方……」

「管子的另一端也是在前面對吧？」

雖想回頭，必須把那個女孩帶回去。尼爾下定決心，邁出步伐。地板發出刺耳的吱嘎聲，大概是踩得太用力了。尼爾心想「糟糕」，可惜為時已晚。

「哇！」

一連串的啪哩啪哩聲傳來。背部用力撞在地上，尼爾呻吟出聲。

「喂，你沒事吧？」

他聽見白書的聲音，卻因為太暗的關係，什麼都看不見。

「嗯，還好。」

「你似乎掉到船底了。」

「這樣啊……是說這裡還真臭。」

尼爾坐起上半身，卻不知道哪裡有什麼東西。他試著摸索周圍。

「好燙……！」

是提燈，疑似不小心碰到燈芯了。

「小白，找到提燈了。太好了。」

「別顧著高興，快點亮。」

「我知道。」

不盡快點燈的話，搞不好會不小心踩到腐爛的魚。唯獨這件事他想避免。然而，刺鼻的腐臭味來源並不是魚。

「這……！」

提燈照亮的，是人類的屍體。

「這是吵架夫妻的……」

倒在船底的屍體不只這一具。還有以為是離家出走的少女跟兩位男孩。除此之外也有大人的屍體。

而且通通不是全屍。小孩的屍體沒有胸部以下的部位。旁邊的大人屍體只剩身體。紅色包包船長被吃得肚破腸流。

有人嘀咕了句「不會吧」。尼爾過了一會兒才發現，那是自己的聲音。不會吧。不會吧。怎麼可能有這種事。不會吧。不會吧。不會吧。

「別看了……」

白書的聲音使他回過神來。

「振作點。殺死居民的**犯人**，恐怕就在後面。」

尼爾想起「同伴當著我的面被吃了」那行字。紅色包包船長和以為是離家出走的女兒，大概都是……除了為什麼會發生這種事的疑惑，更令他感到的是憤怒。

「嗯，絕不饒他。」

尼爾爬上旁邊的梯子，前往**犯人**的所在地。

5

「凱寧姊！好像可以從這邊進去！」

吹到室外的風，感覺好了那麼一些。雖然不想回到船內，總不能把探索的工作都丟給尼爾和白書做。

凱寧做好覺悟，從船身上的洞進入其中。一踏進去，她就後悔了。惡臭撲鼻而來。

「哇，有股好臭的味道。什麼東西啊？」

凱寧抓住正想飛去下層的艾米爾的衣服。

「勸你別去。」
「為什麼？」
「因為……可疑的氣息是來自上方。」
她沒有說謊。奇怪的氣息及惡臭的源頭，確實在不同處。
『凱寧，妳聽得見那東西的聲音吧？』
嗯，她回答。儘管五音不全，那是一首歌。魔物在唱歌。不只這樣。魔物的話語斷斷續續地傳來。
魔物在問「那個人到哪去了？」那個人究竟在指誰？她還聽見魔物說「要唱歌打起精神」。唱歌？打起精神？魔物嗎？
「表示上面有什麼東西囉？」
「噢，恐怕是──」
凱寧的話被啪哩啪哩的巨響打斷，從下層傳來的。她跟艾米爾面面相覷。
「剛才的聲音是？難道是尼爾哥和小白先生!?」
「我下去看看。」
不能讓艾米爾去。然而，這次換成艾米爾在凱寧抓住通往下層的梯子時制止了她。
「不行！太危險了！」

「那他們怎麼辦？」

「這……」

艾米爾困擾地閉上嘴巴。下層顯然有危險，而尼爾跟白書搞不好就在那個危險的地方。

凱寧往梯子下方窺探，卻因為光線太暗，看不清情況。該如何是好……

「怎麼辦……」

這次換成艾米爾往下看。就在這時，熟悉的書本從梯子下方飄出，接著是銀色的頭髮。

「啊！兩位都沒事呀！」

從梯子下方出現的尼爾，臉色看起來有點蒼白。更重要的是，白書話變得很少。

「你們回船內了啊。」

「是的。從牆上的洞進來的。剛才下面傳來一聲巨響，我好擔心喔。」

尼爾向兩人道歉，望向凱寧。

「凱寧，妳沒事了嗎？」

「嗯，有好一點。」

「這樣啊……真的太好了。」

覺得他臉色蒼白不是錯覺，尼爾講話明顯沒什麼精神。

「這次換成你們無精打采了。怎麼了嗎？」

艾米爾也注意到了，不會有錯。凱寧隱約猜到兩人在樓下看見了什麼。

「對了，凱寧。」

證據就是白書沒有稱呼她為「內衣女」，而是好好叫她「凱寧」。

「關於妳感覺到的氣息……」

「正好是從這上面傳來。」

「果然，看來只能前進了。」

他一副提不起勁的態度。連感覺不到魔物氣息的白書，都察覺到事態並不尋常。

「根據平面圖，傳聲管跟這邊連接在一起。」

尼爾略顯憂鬱地說。平面圖？原來還有這種東西。

「可以給我看看那個平面圖嗎？」

「我沒帶在身上。它貼在其他房間的牆壁上。妳想查什麼嗎？」

「不，沒事。別在意。」

有平面圖即可知道房間的大小，凱寧有點遺憾。

『對啊。這樣就能知道那傢伙有多大，可以先做好心理準備。真可惜。』

想先做好心理準備的還有你吧，凱寧在內心回嘴。杜蘭難得沒有回話。看來她說中了。

她知道在上層等待他們的魔物八成很強。從那強烈的氣息就感覺得出來。而魔物的強度與體積成正比。她想看地圖的原因，是想先知道房間大小及魔物的身長。

然而，事到如今知道牠的大小也沒意義。至少不會比這艘船更大。明白這一點就足夠了……

尼爾和凱寧爬上梯子，白書和艾米爾則飛在旁邊，前往上層。等艾米爾跟他們拉開了一小段距離後，凱寧低聲詢問：

「你們在樓下看見了什麼？」

「其實，有好幾個街上的居民……」

尼爾支支吾吾地說。不過，不需要更多言詞。以為是離家出走的船長、少女。兩位失蹤的男孩。除此之外還有好幾人慘遭殺害。

「混帳東西。」

她心想，天殺的。

『臭味愈來愈濃。凱寧，心情如何啊？』

怎麼可能好到哪去，但杜蘭也不像平常那麼得意洋洋。面對這股異常的氣息，能維持平常心的人才奇怪。

聽見聲音。或許是因為來到附近了，這次聽得很清楚。

想跟那個人聊天，不希望那個人怕我，不想被那個人討厭……

又是「那個人」，而且還說不想被討厭。

『妳在想「明明是魔物」嗎？說得對。牠在想什麼？』

有會保護同伴的魔物，也有為同伴的死哀悼的魔物。可是，從來沒看過不想被「人類」討厭的魔物。是因為這樣，牠的氣息才異於其他魔物嗎？怎麼可能。凱寧驅散了那個想法。

「這裡就是最後的房間。」

白書飄在門牌上寫著船長室的門前，語氣凝重。

「殺掉村民的犯人，搞不好就在裡面。小心點。」

尼爾默默推開門。沒有上鎖，不過可能是鉸鏈壞掉的關係，只打得開一個人勉強鑽得過去的縫隙。尼爾將身體擠進那條小縫，進到室內，驚呼道「是剛才那個女孩!?」。白書跟在他後面飛進房間。

「等一下！在充滿屍體的船內有女孩子……情況不太對勁！」

女孩子？魔物？

她知道室內有魔物。那股氣息雖然詭異又奇怪，無疑是屬於魔物的。凱寧急忙進到房內。

「這傢伙……！」

房間比想像中還小。確實有一個「女孩子」。黑色的頭髮及白皙的肌膚，頭髮上繫著一個大蝴蝶結，身穿骯髒的衣服。

『這隻魔物……不妙啊。』

怎麼可能？凱寧心想。如此強烈的氣息，不可能是這麼小隻的魔物，是更加巨大的魔物。

『連這股壓迫感，都只是這傢伙的呼吸喔？』

她明白奇妙氣息的理由了。眼前的魔物在偽裝。壓縮巨大的身體，強行偽裝成人類的姿態。為了維持這副模樣，需要不斷消耗強大的魔力。那就是她至今從未感受過的異常氣息的原因。

『挺刺激的嘛！對吧？』

冷汗從背部滑落。不曉得從哪飄來一股血腥味，令人反胃。

「凱寧？妳感覺到的氣息，該不會是這孩子的……？」

在她回答前，背後傳來聲音。

「咦？你是？好久不見。」

語氣輕鬆到跟這個場所顯得格格不入。尼爾大喊「郵差先生！」。是他們來這座城鎮要找的人。

「你在這裡做什麼？」
「喔，其實我最近常來這艘船。」
郵差以輕描淡寫的語氣，說出驚人的事實。
「那女孩好像是這艘遇難船的乘客。我在照顧她，直到她能到外面去。」
照顧？人類在照顧魔物？明明聽得很清楚，大腦卻無法理解。
「對了，這位小姐。」
郵差湊到凱寧旁邊，小聲詢問。
「冒昧請教一下，那孩子好像流血了。我帶了繃帶過來，那個……請問女性的月事該怎麼處理……」
不是你想的那樣——她想告訴郵差，卻發不出聲音。那不是月事的血。那是……那是……
「不、不好意思！太失禮了對不對。」
郵差驚慌失措地從凱寧身邊離開，走向少女，嘴裡叫著「露易絲」。
「別靠近那傢伙！」
她終於擠出聲音，郵差轉過頭。少女的雙眼亮起光芒，昏暗的紅光。
「那傢伙……」
剩下的話，她說不出口。魔物放聲咆哮。少女的身軀冒出黑色物體，無數的黑色物體從眼前竄過。是觸手。好幾條跟成人一樣粗的觸手在蠕動。

和軟體動物的觸手不同，擁有魔物的身體強度的觸手，迅速刺破牆壁及地板。整艘船劇烈搖晃。

「哇啊啊啊啊！」

是郵差的尖叫聲。他從地板的裂縫摔下去了。凱寧聽見有人在叫他「等一下」。擁有少女外型，長滿觸手的魔物，追著郵差跳進裂縫。

「凱寧！艾米爾！」

尼爾在揚起的灰塵後面吶喊。雖然想過去，地板破了一個大洞，導致凱寧無法如願。

「有沒有受傷!?」

「沒有。這邊我會想辦法處理！先出去再說！」

船仍在搖晃。船艙的天花板開始崩塌。白書大喊：「先撤退！」

「凱寧姊！這邊！」

凱寧回答「我現在就去」，靠著牆壁於崩塌的船艙中前進。被喚為露易絲的少女眼睛發出紅光後，才過沒多久。恐怕只有數十秒。船艙卻變得破破爛爛。那些觸手的破壞力不容小覷。

魔物在問「為什麼」？從船底傳來的聲音十分難過，凱寧感到困惑。牠叫著

「等一下」追向郵差時的表情，有幾分哀傷。語氣聽起來也透出一絲悲痛……
不對，現在哪有空關心這個。凱寧壓低身子，護著頭部前進。若不快點逃出去，會被活埋的。
為什麼我是魔物？
為什麼我不是人類？
聲音揮之不去。地板裂開的聲音、天花板塌陷的聲音，都蓋不過露易絲的聲音。
「可惡！」
遮蔽視線的大量灰塵消散。陽光刺眼。艾米爾就在旁邊。
「凱寧姊，快點！妳有辦法……從這邊爬上甲板嗎？」
「沒問題，我可以。」
幸好不是位於船底的房間。離甲板沒有想像中遠，從船身爬上去並不辛苦。
天空萬里無雲。她想盡情沐浴在從天而降的陽光下，抬起頭。艾米爾大概也有同樣的想法，默默仰望藍天。
「你們都平安無事啊！」
聲音從不遠處傳來。是尼爾跟白書。看來他們順利逃出了。凱寧鬆了口氣，可惜，安心的時間並未持續太久。艾米爾那句「可是，郵差先生還在裡面」，提醒她不是所有人都逃出來了。

「得去救他才行。」

白書制止了立刻準備返回船底的尼爾。

「最好先重整態勢。」

先不論先後，想回船底是不可能的。在昏暗的船內，魔物能自由行動。沒人知道那些觸手會從哪裡發動攻擊。

「太陽這麼大，那隻魔物沒辦法追上來。趁現在——」

白書說的話被打斷了。船身劇烈晃動，那些黑色觸手從凱寧一行人的面前冒出。一根接著一根，輕易刺破甲板。

「怎麼可能!?」

海面隆起。本以為是巨大的浪頭，那東西竟是魔物的身體。圓形的頭部看似海洋生物，不停扭動的兩條手臂如同大蛇。凱寧之前還自作聰明地認為不可能比這艘船大，現在她只想嘲笑愚蠢的自己。

光看從海面露出的部分，就比這艘船大了。真不敢想像全身到底會有多長。

「照到陽光竟然還不會死……」

艾米爾的聲音在顫抖。有戴斗笠或穿甲冑也就算了，在沒有遮蔽物的狀態下照到如此強烈的陽光，魔物通常會立即死亡。白書吶喊道：

「不對！陽光確實在灼燒那傢伙的身體！但牠以更快的速度再生了！」

仔細一看，魔物的體表在冒出類似黑煙的東西，那是魔物死亡時會變成的黑色粉末。魔物的手臂散播著黑色粉末，朝他們揮下。凱寧一面閃躲，一面試圖用雙劍反擊，卻完全無法造成傷害。

尼爾用大劍砍，艾米爾用魔法攻擊，魔物卻只是冒出黑色粉末，毫髮無傷。應該有造成傷害，卻沒留下痕跡。白書說得沒錯，真是驚人的恢復力。

圓形頭部突然橫向裂開。牠張開嘴巴。有東西從嘴巴裡站了起來……是露易絲。儘管還保留著少女的外型，黑髮及雪白的肌膚，都變成魔物特有的黑色。

『喂，她在唱歌耶？是在學人類嗎？』

凱寧想起那句「要唱歌打起精神」。教她唱歌的，應該是那名郵差。

歌聲變大。聲音化為衝擊波震碎甲板。腳底在搖晃，沒辦法站穩。怎麼樣才有辦法打倒這種不合常理的怪物？

『想要維持人形的力量！想要能承受陽光的力量！想要能發出美麗聲音的力量！』

露易絲大叫著。

『更多人……我要吃更多人，變成人類！』

吃人變成人類？有可能嗎？

『喂喂喂！不曉得這知識哪來的，牠好像很想吃掉我們喔！』

「休想得逞！」

凱寧跳到空中，朝著宛如大蛇的手臂根部揮劍。不停揮劍。既然牠恢復力驚人，用更快的速度攻擊即可。

尼爾和艾米爾好像也察覺凱寧的意圖了。艾米爾從空中揮動手杖，尼爾驅使用魔力製造的分身攻擊。

「有效果！」

三人同時攻擊，再加上從天而降的陽光助陣。其中一隻手臂終於發出巨響，掉進海裡。

「別停下！把另一隻手也砍下來！」

手臂停止攻擊的話，他們也會比較好進攻。不直接攻擊頭部，就打不倒這隻魔物。

『不要！不要……！我要成為人類！』

露易絲尖叫道。

『我要跟那個人……用同樣的語言說話……一起生活……！』

杜蘭笑了。凱寧才剛心想「杜蘭應該會笑吧」，果然不出所料。

『竟然是為了那個男人！真偉大！真可悲！』

另一隻手掉落，黑色的巨大身軀往旁邊倒下，或許是因為重量突然消失的關係。白書大喊「繼續追擊」。尼爾召喚魔力手臂，黑色拳頭往露易絲的頭部揮下。露易絲的頭部斷裂，飛了出去，黑色巨大身軀沉入波浪之間。

「成功了嗎？」

不，還沒。氣息尚未消失。不僅如此……下一刻，甲板伸出無數的觸手。船要毀了──凱寧在腦中浮現這個想法的瞬間被震飛出去。

幸好她摔在沙灘。她馬上起身，擺好架勢。剛才還在眼前的遇難船消失了。取而代之的是轉眼間粉碎大型船、異常龐大的魔物。

「怎麼可能！那麼嚴重的傷勢……竟然恢復了!?」

不只恢復，被砍斷的手臂也長回來了，數量還變得比之前更多。再生的頭部中看得見少女的身姿。少女長髮倒豎，用燃燒著熊熊怒火的雙眼瞪著凱寧一行人。

『為了那個人……！為了跟那個人生活！為了跟那個人一起看海！』

魔物的體表變形，長出數不清的利刺。利刺從體表射出，瞄準沙灘落下。他們好不容易才閃過，連反擊的時機都找不到。

『喂！剛剛那男人倒在那裡！那傢伙是那個魔物的恩人對吧？感覺可以抓來當人質！』

「閉嘴！」

杜蘭的建議觸怒了凱寧，導致她不小心破口大罵。她打從一開始就沒打算對人類動武。

『別管那麼多了，快拿他當人質！這樣下去，所有人都會手牽手共赴黃泉！』

從天而降的長槍變多了。糟糕——白書驚呼道。她看見被觸手擊飛的尼爾倒在沙灘上。

「混帳東西！」

凱寧衝向倒在沙灘上的郵差，露易絲正準備朝尼爾揮下手臂。

「看這邊！」

她拿劍指著郵差的喉嚨大喊。

「這傢伙是妳重要的人吧？」

這個做法固然卑鄙，效果卻十分顯著。露易絲像嚇了一跳似地停止動作。艾米爾沒有放過這個機會，使用魔法。他穩穩控制住在崖之村失控的魔力，將其發射出去。

露易絲的頭被魔力炸開時，尼爾和凱寧也躍向空中，朝同一個位置揮劍。她的頭部裂成兩半，也只是如此。沒有要倒下的跡象，巨大身軀依然聳立於面前。

「遭受如此強力的攻擊，還不倒下嗎!?」

「怎麼會……不要……我好怕……」

巨大身軀一口氣站起來，露易絲放聲吶喊：

『我要……變成……人類！』

有東西要來了。視野上下顛倒，她覺得自己被砸在地上，身體黏在沙灘上，動不了。遭到直擊害她站不起來，連魔物附身的自己都傷成這樣，尼爾肯定也無法行動。

『凱寧！妳在做什麼！快阻止那傢伙！』

杜蘭驚慌失措，牠應該也知道這是在強人所難。

「該死……！我的身體……」

好不容易坐起上半身，卻站不起來。露易絲身體大幅後仰，又要發動攻擊了。已經沒有防禦的手段。到此為止了嗎？凱寧氣喘吁吁，動彈不得。

「住手！」

叫聲出自郵差口中，拿著木棍的手在發抖。

「你在……做什麼……會被……殺掉……」

尼爾努力起身，想阻止郵差，郵差卻拖著顫抖不止的雙腿走向前。

露易絲彎下腰，朝郵差伸出手。

『不要　怕。我很快……很快　就要　變成　人類。』

然而，那句話無法傳達給他。郵差應該只聽得見魔物的低吼。

「別傷害這些人！」

郵差揮下木棍，朝著露易絲對他伸出的手，一下又一下。照理說，這種攻擊不可能會有效。因為劍與魔法都傷不到牠。

『為什麼？你不是說……要一起　看海……』

露易絲哀傷地俯視郵差。

「妳一直……在騙我！妳這個……怪物！」

人類聽不懂魔物說的話，魔物卻能理解人類的語言。

『我想　變成　人類……跟你　一起　生活……』

凱寧知道被罵怪物的辛酸。即使是魔物，還是會心痛吧。對於為了那個郵差，不惜希望自己變成人類的露易絲而言，痛苦搞不好更甚於她。

凱寧在那艘船裡撿到一張破爛的紙。上面寫滿「謝謝」，大概是小孩在練習寫字。字跡相當潦草。她本來還在疑惑這種東西是誰寫的，現在知道答案了。

走音的歌是郵差教的。綁在頭髮上的大蝴蝶結，恐怕也是郵差給的。文字的寫法也是……

「我討厭妳！」

聽見海浪聲。露易絲沉默不語。牠低頭看著郵差，僵住了。魔力長槍刺進牠的頭部。凱寧轉過頭，看見站起來的尼爾跟白書。

露易絲放聲哀號。好幾隻手臂無力垂下，巨大身軀往旁邊傾斜。長槍貫穿的部分開出一個大洞，沒有要再生的跡象……牠應該也沒有要再生的意思。

『我的……身體……是這副……模樣……』

頭部後仰。露易絲面向大海。視線前方是水平線。天空與海洋的藍色交錯，光芒四射。

『啊啊……世界是……這麼美麗……』

那是牠的遺言。

6

跟遇難船的魔物展開激戰所受的傷，花了一星期才痊癒。

這段期間，郵差提供郵局裡面的房間給他們住。尼爾想讓艾米爾和凱寧在有屋頂的地方休息，所以郵差的好意真的讓他感激不盡。

「謝謝你，幫大忙了。」

準備離開的當天早上，尼爾向他道謝，郵差微笑著說「因為你們救了我」。不過，他的笑容很快就消失了。

「好幾個居民被魔物吃掉……我竟然還一直在照顧犯人……」

郵差憂鬱地低下頭。他說他聽見遇難船裡傳出小孩子的咳嗽聲，進到船內，發現那隻魔物。

「我以為牠是人類的小孩。船上的大人死光了，所以牠才那麼虛弱……話講不好、討厭陽光，都是因為一直在黑暗的船裡動不了。」

不能怪他，畢竟牠那麼像人類。尼爾也在崖之村遇過與人類無異的魔物，為此困惑不已，很能體會郵差的心情。

「我本來還打算等那孩子身體再恢復一些就收養牠，問牠要不要當我的女兒。竟然對魔物講這種話……很好笑吧？」

「你不需要感到愧疚。都是魔物的錯。」

白書斬釘截鐵地斷言，郵差無力地笑道：

「但願如此……」

「那我們要走了。還得去跟別人報告。」

一想到要通知紅色包包女子丈夫的死訊，心情就很沉重。

與其告訴她真相，騙她丈夫離開了這座城市會不會比較好？無論如何，他們都不可能再見面，相信丈夫依然活在某處，或許更加幸福。不對，懷著被丈夫拋棄的想法活下去，好像更煎熬？

尼爾陷入迷惘，遲遲得不出結論。

〔報告書 14〕

最近沒有什麼好消息，狀況持續惡化。用來壓制失控的「魔王」的殺手鐧無法使用了。

不久前，我們保護了漂流到海岸鎮的型態體。牠的魔力足以讓大型船沉沒，是一具強大的實驗體，我們判斷牠最適合用來壓制「魔王」，對牠加以管理。那就是上次的報告書中提到的殺手鐧。

該型態體由於智商提高的關係，開始對成為人類產生執著，令人堪憂。不知為何，牠盲目地相信吃人即可維持人形，捕獲鎮上的居民，在遇難船內將其殺害、捕食。

想到該個體只是實驗體，沒有能當成容器的身體，沒有絲毫成為「人類」的可能性，就覺得諷刺。

基於上述的事件，想壓制「魔王」變得更加困難。只能在準備與這隻實驗體匹敵的個體，或者一口氣將計畫推進到最終階段這兩個選擇中抉擇，從目前的狀況來看，選擇後者的可能性較高。

只不過，那個選擇要等能夠進入「魔王」的城堡再說。首先要努力回收「忠誠的賽柏洛斯」的石板。

（記錄者・波波菈）

NieR:RepliCant
ver.1.22474487139...
《型態計畫回想錄》
File02

青年之章7

1

尼爾心想，我討厭白袍。穿白袍的人對其他人都很高傲，有種看不起別人的感覺。理由不明。因為他不是醫生，也不是護理師。

研究員的態度更差。醫療相關人士好歹還有把他們當人看，研究員卻只把他們當成白老鼠。所以，選擇相信他們說的話是一場賭局。還是不划算的賭局。

然而，他沒有其他選擇。無權選擇不加入這場賭局，也無權選擇在途中退出。否則悠娜……會死。

尼爾凝視著在透明的醫療太空艙裡沉睡不醒的悠娜，將額頭貼在強化玻璃上。玻璃對面是無菌室。尼爾當然不准進去。在冷凍睡眠技術實用化已久的這個時代，聽說比起機器或系統故障，細菌感染的風險更大。

路過的護理師微笑著對他說：「別擔心，不會有事的。醫生們都在努力研究，悠娜妹妹一定會得救。」

有點做作的語氣令他感到不悅。可是，他只能選擇相信。只要協助政府的計畫，他們就會幫忙救悠娜。即使離新技術開發出來，還有一段漫長的歲月，若能再度跟悠娜一起生活……他可以忍耐。

悠娜也要加油。尼爾在內心呼喚。他想鼓勵在照不到陽光的無菌室中，身體與大量的機器連接，墜入冰冷夢鄉的悠娜。

『是不是該回去了？』

旁邊傳來聲音。熟悉的聲音，現在唯一值得信賴的人的聲音。

奇怪。為什麼不是小白？自己唯一的「夥伴」白書，聲音不是這樣。這傢伙是誰？這本書是……

「你要睡到什麼時候？」

千真萬確，是白書的聲音。片刻的黑暗過後，熟悉的天花板映入眼簾。

「是夢嗎……」

尼爾坐起上半身。頭好重。不知為何，最近經常作夢，而且一定會在醒來的瞬間忘得一乾二淨。

「夢？你今天沒夢囈啊？」

他仍然想不起自己作了什麼夢。場所自不用說，連夢裡有誰、自己說了什麼都不記得。

「算了。夢就是夢。」

忘了也不痛不癢的東西，沒有任何意義及價值。

「比起那個，得趕快準備出門。」

從村裡的小碼頭開往沙漠的貿易船，會在早上出發。很久沒去面具城了。

波波菈說她找了新船長代替去世的紅色包包船長，在小碼頭遇見的卻是意想不到的人物。

「嗨。我接手了船長的工作。」

是包包男子的哥哥。

「那個，關於你弟弟……真不知道該說些什麼才好。」

「謝謝你顧慮我的感受。那傢伙也真蠢……竟然拋下家人自己先走。」

包包男子的哥哥語塞了一下，但他馬上就像要打起精神似地說：

「好了，上船吧。」

他的笑容與包包男子相似得驚人。

「開到村外的時候，可以請你停一下嗎？我想去接我的同伴。」

尼爾說著跟包包男子講過的話，有點擔心他不知道會不會接納凱寧跟艾米爾。

哥哥和長期住在海岸鎮的弟弟不同，是這座村子的衛兵。

不過，這僅僅是杞人憂天。一看見凱寧和艾米爾，包包男子的哥哥就說：

「我聽郵差說了，是你們幫我弟報了仇對吧？謝謝。」

仔細一想，信件可以用船運送。貿易船的船長跟郵差有一定的交流，從他口中聽說遇難船的事件也不奇怪。

說不定波波菈就是預料到這一點，才委託包包男子的哥哥接下這份工作。知道事情經過的人，一定比較不會歧視凱寧和艾米爾……

「你是包包船長的哥哥呀？我非常喜歡跟他聊天，每次坐船都很期待。」

「你都在跟我弟聊些什麼？」

「他說他喜歡集郵，所以他會拜託郵差幫他進各地的郵票……」

包包男子的哥哥懷念地瞇起眼睛。船在沙漠外圍的河流航行的期間，兩人一直在聊這個話題。

「不介意的話，以後再跟我聊聊弟弟的事吧。」

包包男子的哥哥揮著手目送他們離開，那個動作也跟弟弟極其相似。

2

「那小鬼……不對，國王竟然結婚了，世事難料啊。」

穿越沙漠，接近城門時，白書用分不清是不是在開玩笑的語氣說道。

「比起世事，我倒認為人際關係更難料。」

沒想到在貧困村落長大的自己，有一天會交到身分貴為「國王」的朋友。

第一次在沙之神殿遇到他的回憶，以及之後跟偷跑出公館的國王在街上散步的回憶，接連浮現腦海。還有菲雅這位少女。

仔細一想，真是神奇的緣分。凱寧以前救了被狼攻擊的菲雅，她才獲准進入面具城。而正是因為有凱寧同行，尼爾才能進入城內。這時菲雅幫助了語言不通的尼爾，尼爾才有辦法去沙漠的神殿救王子。少了任何一場邂逅，都無法與國王相識。

幾年沒跟國王見面了？國王是個勤於動筆的人，兩人經常通信，所以感覺起來並沒有隔太久，不過實際見到他的時候，搞不好會為他的變化大吃一驚……尼爾本來是這麼想的。

（嗨！好久不見！）

剛踏進公館，面具之王就跑到他身邊。都到了要結婚的年齡，他的行為舉止還是一點都沒變。表情也跟以前一樣。展露笑容時露出的白牙，以及骨碌碌地轉動的眼珠子也是。

國王跟其他人不同，面具斜掛在臉上，因此可以清楚看見他的表情。這一點也一如往常。

「恭喜你結婚。」

自己竟然會有這樣祝賀別人的一天，感覺真奇妙。

（謝謝。那位是艾米爾嗎？）

尼爾在信上提過好幾次艾米爾的事。

「初、初次見面！恭喜您結婚。」

艾米爾還聽不懂面具城的語言，大概是透過尼爾跟面具之王的互動，知道現在該送上賀詞。

白書清了下嗓子。

「聽說結婚要有對象。新娘在哪裡？」

對於自稱人類睿智的白書來說，應該是想盡量營造出嚴肅的氣氛，可惜他的好奇心表露無遺。

可是，尼爾也一樣想知道新娘的身分。畢竟婚禮邀請函上只有在「面具之王將為婚禮舉行戒律儀式，特此通知」這行字後面，寫著「不好意思，寫得這麼正經。我要結婚了。方便的話希望你來參加。就這樣！」。

漏了新娘名字這個最重要的情報，不知道是不小心還是故意的。

（失禮了。）

聲音中帶著笑意，看來他是故意不寫新娘的名字。

（我來跟各位介紹。）

從裡面的房間走出的女性有點眼熟。她當然戴著面具，所以看不見臉，只是隱約有那種感覺。不過，尼爾的直覺是正確的。

（好久不見。）

不是靠說話，而是用肢體語言打招呼。是熟悉的動作。

「難道是菲雅？」

她比手畫腳回答「是的」。

「嚇我一跳，真是女大十八變。」

剛認識她的時候，菲雅還只是個比悠娜高一點的小孩，如今變得成熟許多。

悠娜現在是不是也長得跟菲雅一樣高了？跟小孩子一樣胖嘟嘟的上臂變細，雙腿也變得修長……尼爾想驅散心底的痛楚，刻意開朗地說：

「那得把凱寧也叫來！」

她又待在外面啊？國王露出略顯無奈的表情。

（進來又不會怎樣，凱寧還是老樣子。）

在這座城市中，不會有人因為她是魔物附身或雙性人這種理由歧視她，凱寧卻連城內都不肯踏進，更遑論國王公館。

「我去叫她！」

艾米爾從窗戶飄走。尼爾和面具之王並肩站在窗邊——當然不是要追在後面——俯瞰街景。

「這裡的景色都沒變。」

整座城市被沙子的顏色覆蓋，朦朧不清。或許是因為這樣，燦爛的陽光在街上變得有些柔和。四角形的沙船在流沙運河上移動，商人於狹窄的道路上行走。初次造訪時，錯綜複雜的道路害尼爾困惑不已，可是一旦習慣，其實挺有趣的。

「居民跟城市都沒變……」

（不，也不能這樣說。）

國王看著街景，低聲說道。表情是前所未有的嚴肅。

（糧食不足，人民一直餓肚子，狼群的襲擊從未間斷。）

面具城的居民一直在為棲息於沙漠的狼所苦。尼爾穿越沙漠的時候，也被襲擊過幾次。動作靈敏，又是群體行動的狼群，確實是棘手的敵人。

（國王的工作堆積如山，其實根本沒空悠哉地慶祝。）

「慶祝也是工作之一。」

尼爾想鼓勵比自己年輕，卻扛著比自己更加沉重的重擔的國王。白書似乎察覺到了尼爾的心意，從旁插嘴。

「我同意。讓人民享受短暫的祭典氣氛，也可以說是國王的貼心之舉。」

人民生活艱困，絕對不是國王的錯。這五年來，在各個地方旅行的尼爾親身體會到了，這個世界在逐漸荒廢。

「而且，你不是能讓菲雅幸福嗎？保護重要的人，給予她幸福……對男人而言是必須的。」

悠娜的笑容浮現腦海。呼喚他哥哥的聲音於耳邊重現。為了悠娜，他什麼都做了。再艱辛、再痛苦，只要想到悠娜會高興，就承受得住。在他心中，不可或缺的存在就是悠娜。

（這種事戒律倒是沒寫。）

國王回過頭，莞爾一笑。

（重要的人嗎……）

對國王來說是菲雅，對自己來說是悠娜，是想讓對方幸福的重要對象。尼爾想奪回悠娜，從來沒有這麼迫切地希望過。

3

凱寧按照慣例，在城門附近等尼爾他們回來。面具之王即將舉辦婚禮，她心想，街上肯定會很熱鬧。

進入城內的話，或許會充滿祝賀的氣氛，但凱寧所在的城門周圍比起熱鬧，更接近莊嚴。全副武裝的士兵們來來去去，走向城外的人所說的話，帶有一絲緊張。

凱寧想知道到底發生什麼事，卻聽不懂面具族的語言。她感到疑惑，觀察不停走動的士兵一段時間。

扛著狼皮的一行人回來時，她的疑問得到解答。面具士兵們發起了大規模獵狼行動。推測是想避免在婚禮這個值得慶祝的日子遭到狼群襲擊。野生的獸類不會靠近有那麼一點危險的地方，不過人類也必須冒著危險狩獵狼群。

看來對他們而言，國王的婚禮就是如此令人高興……凱寧在如此心想之時，聽見艾米爾的聲音。

「凱寧姊！快來國王公館！」

事發突然，她當場愣住。

「不，我就……」

「新娘是凱寧姊認識的人喔！」

「咦？」

她在面具城「認識的人」只有一個。是菲雅。之前救菲雅的時候，面具副官送了點心、水果等東西當回禮，所以同樣稱得上「認識的人」，可是以年紀來說，新娘不可能是面具副官吧。

「該不會是菲雅？」

「沒錯！要快點去恭喜人家！對吧？」

「但我不方便進到城內……」

「菲雅小姐會很沮喪喔？我說要去叫妳過來的時候，她看起來非常開心喔？」

若要結婚的人是菲雅，凱寧也想祝賀個一兩句。

「快點快點！」

「……知道了。」

在艾米爾的催促下，凱寧踏進城鎮。

五年沒見的菲雅，變得十分有女人味。看見凱寧這麼驚訝，尼爾笑著說「妳看，凱寧也嚇到了」。意即尼爾同樣為菲雅的成長感到驚訝。

講出「恭喜結婚」這句慣用的賀詞後，凱寧就無話可說了。她很高興能再見到菲雅，卻說不出話。凱寧不知道跟長時間沒見面的人重逢，該說些什麼才好。

因此，她本想迅速離開，卻被面具之王挽留。不對，這時她還不知道對方在挽留自己，在凱寧不知所措時，尼爾為她翻譯。

「他希望我們今晚留在公館過夜。還有明天的婚禮，他想請妳務必參加。」

「不了，我不適合那種場合……」

「國王都這樣說了，是不是該給他一個面子？而且菲雅會很高興的。」

艾米爾和尼爾，好像都很清楚怎麼說才能說服凱寧……

國王公館住起來的感覺不怎麼好。問題不在於負責招待她的面具族。是凱寧自己不習慣被人招待。

她坐立不安，四處遊蕩。在面具族眼中，肯定會覺得她「在找靠得舒服的柱子」。

因此聽見尼爾和白書的聲音時，老實說，她鬆了口氣。

「唉，竟然連洗澡都有戒律。」

「小白只是浮在那邊吧。」

可能是因為靠魔力保護著，凱寧知道白書在傾盆大雨中也不會淋溼，所以不會為兩人的對話感到驚訝。看見用紙做成的書在洗澡，面具族八成會大吃一驚就是了。

「這不是凱寧嗎？妳怎麼了？」

「沒有，那個……我參加婚禮這種盛大的儀式，沒問題嗎？」

她沒打算在這種地方講這種事。只不過看見尼爾的臉，話語就擅自脫口而出。

「沒關係啦。是國王親自邀請妳參加的。」

「就算國王不介意，其他人……」

「凱寧。」

尼爾的語氣異常溫和。

「這座城市跟妳我居住的村莊不同，戒律就是一切。雖然這樣講很奇怪，戒律沒有提到的事，大家都不會在意。」

凱寧一直覺得不太自在，現在她知道真正的原因了。面具族的人始終用同樣的態度對待尼爾、艾米爾跟凱寧，她為此感到困惑。在這個地方，凱寧是「國王的客人」，僅此而已。跟她以前是「菲雅的恩人」，誰都不會在意她是「魔物附身」一樣。

「是嗎？那……」

她心想，那我樂意參加。戒律確實不是那麼壞的東西……

「就我個人的價值觀來說，妳穿那種內衣參加婚禮，實在非常奇怪。」

「囉嗦，臭廁紙！」

白書總是過於多嘴。

4

隔天的婚禮是好天氣。微風清爽宜人，七彩的紙片於空中飄舞。沙子色的天空下，面具族發出分不清是歌聲還是號令的聲音，響徹四方。

「婚禮真不錯～」

艾米爾飄上空中。不只是因為想看得清楚一點，似乎是因為太興奮的關係，魔力也隨之高漲。婚禮開始前，艾米爾就一直飄上飄下，被白書罵「你能不能安分點！」。

「花朵飛舞，受到眾人祝福的重要儀式。好令人嚮往喔。對不對？凱寧姊。」

凱寧的回答卻十分冷漠。

「不知道。」

她簡短說道，別過頭。這副模樣比起不開心，更像在不知所措。

凱寧大概是第一次參加婚禮。昨天她也在煩惱，自己適合參加這種盛大的儀式嗎？

尼爾覺得，她不該煩惱這種事。實際上，在面具城她就能祝福自己的朋友，不用顧慮他人。諷刺的是，這麼理所當然的事不是發生在尼爾的村子，也不是已經灰飛煙滅的崖之村，而是這座奇特的城市。

（……根據上述條件，請兩位遵循戒律904為對方獻上誓約之吻。）

面具副官鄭重宣言。在尼爾的村子裡，婚禮由迪瓦菈和波波菈兩位祭司主持，因此看起來非常不一樣。有誓約之吻這一點倒是相同。

儀式順利進行，聚集在廣場的居民最後跳起舞來，似乎是祝福結婚的舞蹈。動作及服裝等等，也由戒律制定了詳細的規範。下襬寬敞的衣服於空中散開的模樣，有如好幾朵盛開的花。

面具之王和成為王妃的菲雅，走在圍成圓圈跳舞的人群中央。每當兩人揮手，周圍就會響起歡呼，花朵及紙片灑向空中。

菲雅看見尼爾他們，用肢體語言表示「謝謝你們來參加」。結婚後在這座城市正式獲得戶籍的菲雅，已經有資格開口說話，但在這麼熱烈的歡呼聲中，比手畫腳更加好懂。

就在尼爾舉手回應她時。廣場一角傳來尖叫聲。不尋常的聲音，使舞蹈戛然而止。廣場入口附近的人們同時讓開道路。有個人搖搖晃晃地從那裡走來。是面具士兵。他拿長槍代替手杖，努力邁出步伐。一眼就看得出他身受重傷。人人都屏住氣息，所以能清楚聽見鮮血滴落在地的聲音。

（快……逃……）

好像聽見他說了「狼群」，但面具士兵並沒有把話講完。他當場倒下，一動也不動。騷動聲四起。可是，沒人知道發生了什麼事、士兵為何而死。

黑影突然衝過廣場。

「菲雅！」

凱寧叫道。黑影撞倒了菲雅和面具之王。其他地方傳出尖叫。這次尼爾也清楚看見了。是狼。狼群闖入了城市。

「是魔物！狼的魔物！」

凱寧指向一隻異常巨大的狼。於深黑體表上蠕動的圖案，是魔物的特徵。

漆黑色的狼放聲咆哮。奇妙的吼聲中，參雜野獸及魔物的聲音。

如同黑影的身體高高躍起。狼魔物在落地的同時又吼了一聲，轉身就跑。其他狼也跟著離去。

「是那傢伙……在率領狼群嗎？」

狼群撤退了，跟出現的時候一樣突然。離開前，狼魔物好像回頭看了一眼。那高傲的態度，彷彿在說牠的目的已經達成。

對了，國王呢？菲雅呢？尼爾急忙尋找兩人。他只有看見他們被狼魔物撞倒。之後怎麼樣了？

面具之王坐在地上的背影映入眼簾。尼爾正想衝過去，雙腳卻反射性停下。

（菲雅！）

國王悲慟的聲音傳入耳中。光憑這聲吶喊，他就知道發生什麼事了。

（菲雅！妳說話啊！）

面具之王抱著全身無力的菲雅。副官檢查完菲雅的傷勢，默默從兩人身邊離開。從他垂頭喪氣的模樣就看得出，救不回來了。

（國王……請您……小聲點……人民會……不安的……）

第一次聽見菲雅的聲音，氣若游絲，卻溫暖、柔和。跟菲雅的為人如出一轍。
（謝謝你……）
菲雅向國王伸出鮮血淋漓的手。
（……願意……娶我……這種人，真的……謝謝你……）
身為「來自外界的人」，因為戒律的關係禁止說話的菲雅，與國王結婚後成為「面具族」，終於能夠說話。沒想到她所說的第一句話會是遺言。
（菲雅！不可以！不可以死！不行！菲雅！張開眼睛！）
國王拚命搖晃沒有任何反應的菲雅。像個不聽話的孩子。剛認識他的時候，還是王子時的模樣，跟現在的背影重疊。
與此同時，小時候的菲雅浮現腦海。國王隻身前往沙之神殿時，說自己要去救他、不聽勸告的模樣。從那時候起，菲雅就對王子有好感了。尼爾知道，她誠心誠意地關心王子，比誰都還要重視他，王子當上國王後也沒有改變。
（才正要開始不是嗎……妳來自外界，吃了那麼多苦頭……幸福的生活才正要開始不是嗎！）
國王抱緊菲雅的遺骸。
（我們不是約好……要一起旅行……一起唱歌……要永遠在一起嗎！）
他仰天長嘯，站起身。

（全員帶上武器！追擊狼群！）

「住手。」

白書制止國王。悠娜被帶走後，他經常像這樣規勸基於一時衝動，想去狩獵魔物的尼爾。時而成功，時而失敗。

「我能體會你的心情，可是現在追擊也只會遭受反擊。」

然而，國王沒有回答。這次是失敗的情況。

（國王啊，萬萬不可。）

這次換成面具副官出面規勸國王，國王卻聽不進去。

（那就我一個人去！）

（不可以！）

（殺了牠們！殺了那些狼！通通殺光！）

副官繞到立刻準備動身的國王前面。

（不可以！）

他搧了國王一記耳光。

（王妃直到最後都在為國民操心！）

國王露出恍然大悟的表情。大概是想起菲雅斷斷續續說出的那句「人民會不安的」。

（您是統率面具族的國王。您這樣要國民該如何是好？城市仍舊暴露在狼群的威脅下，不加強防衛何以為王？）

副官沒有放過這個機會，繼續說服國王。

（身為國王，身為丈夫，請您做出不會讓王妃蒙羞的行動……！）

他聲音哽咽。為菲雅的死難過，在壓抑想追擊狼群的衝動的人，不只國王。國王沒有幼稚到不明白這件事。他悶不吭聲，輕輕點頭。

菲雅的遺體被放進棺材，遵循戒律舉辦葬禮。主持這種儀式，也是副官的職責。剛辦完喜氣洋洋的婚禮就要辦葬禮，副官的心情該有多難受啊。看見他以平靜的語氣及表情主持葬禮，尼爾更加這麼覺得。

「我不認為國王會甘願作罷。」

「對啊。」

葬禮期間，國王一滴眼淚都沒流，僅僅是瞪著天空。

「他一副馬上會自己去打倒狼群的樣子。」

「要放著他不管嗎？」

「怎麼可能，我也痛恨那些狼。」

第一次到面具城的時候，菲雅遵循戒律，為他們介紹城市。她小步跑在前面的模樣，至今依然歷歷在目。啪噠啪噠的可愛腳步聲也是。國王說得沒錯，菲雅幸福的日子才正要開始。尼爾無法克制地痛恨奪走她的未來的狼群。

「若要開戰，必須做好相應的準備。」

「我明白。」

他一直將武器維持在隨時可以使用的狀態，因為不曉得什麼時候會跟魔物戰鬥。由於要出遠門去面具城，藥草也準備了足夠的量，隨時可以出發。

「去找國王吧。」

「但願公館沒有禁止出入。」

畢竟剛辦完葬禮，說不定會有那樣的戒律。重點在於，副官可能會封鎖入口，以免國王擅自跑出去。

不過實際來到公館一看，雖然有士兵在看守，卻並未禁止出入。尼爾他們跟平常一樣走進公館，前往國王的房間。

「國王……」

走向房間的途中，他在公館的陽臺看見國王。不出所料，國王全副武裝。

「你要去為菲雅報仇對吧。」

不是的，國王搖頭否認。

（不只菲雅，狼群殺了一堆人民，不能再讓人民犧牲了。我要拿起武器。以國王的身分保護國民！）

戒律那種鬼東西誰管他啊，國王不屑地說。副官聽見肯定會震驚不已。

「你知道狼群的數量有多少嗎？襲擊城鎮的只是其中的一小部分喔？」

（我不會輸！）

他立刻回答。

「我知道了，我們也會幫忙。」

國王卻面露驚愕，搖搖頭。

（我不能這麼麻煩你們。）

麻煩？何必這麼見外。他們都這麼熟了。五年前，尼爾去救獨自潛入神殿的國王。現在，國王想獨自前往狼的巢穴，幫助他可謂理所當然。尼爾認為，國王和他之間就是這樣的緣分。

可是，沒必要特地跟國王說這個。

「不是為了你，是為了菲雅。」

凱寧說出用來說服國王再適合不過的話。

（謝謝……）

白書說，那要盡快動身。

可惜沒那麼簡單。走出公館時，面具副官在外面等候。

（國王，您要去哪裡？）

背後站著數名士兵，看來他全預料到了。應該是想憑蠻力阻止國王。

（討伐狼群。城裡交給你了。）

（那樣會違反好幾條戒律。）

他說的話跟平常並無二異。這反而觸怒了國王。國王毫不掩飾他的不耐，怒吼道：

（那個叫戒律的東西救了菲雅嗎!?）

（……不。）

（菲雅做錯了什麼？那個還不知道幸福為何物的女人，有非死不可的理由嗎？）

（不。）

（弱小是菲雅的罪過嗎!?）

（不。）

（那就給我讓開！）

（不！我不讓！）

國王刻意拿起武器，表示若你想憑蠻力阻止我，我也會憑蠻力開出一條路。尼爾跟著戒備起來。然而，副官一動也不動。

（您是個愚蠢的國王。幼稚。真的很幼稚。）

（你這傢伙……！）

國王將武器握得更用力了，副官卻連這個行為都不放在眼裡，接著說：

（而王妃……不，菲雅是個心地善良的好孩子。城裡的人都很喜歡她。）

語氣溫柔得跟剛才截然不同。副官想必也是「喜歡菲雅」的其中一人。

（我問你們。）

副官面向士兵。

（我們的首領是誰！）

士兵們高聲應答。

（是面具之王！）

面具副官接著詢問。

（國王最愛的人是誰！）

（是菲雅王妃！）

國王睜大眼睛，凝視副官的背影。

（用鮮血玷汙菲雅王妃的人是誰！）

（是狼群！）

手拿武器的國王，解除了備戰狀態。

（那麼，要將狼群大卸八塊的人是誰！）

（是國王的僕從，我們「面具族」！）

副官重新面向國王，向他鞠躬。

（老身也會參加戰鬥，略盡棉薄之力。到所有居民家徵求他們的同意，花了些時間。還請原諒。）

（所有居民!?）

（畢竟戒律是這樣規定的。）

副官輕描淡寫地回答。

（戒律啊。）

面具之王眼神忽然變得柔和，輕聲呢喃。

（戒律……）

副官接在他後面說：

（戒律不是用來限制，而是為了瞭解自由而存在。）

這句話是面具之王的父親，先王所說的。國王——不，當時是王子的他，將這句話告訴剛來到面具城的菲雅。菲雅也將它告訴初次造訪面具城的尼爾。

（國王啊，您完美繼承了先王的遺志。）

他的語氣比起臣子，更像曾經的老師。

（剛才我說您愚蠢，愚蠢的國王會有愚蠢的國民追隨。請您謹記在心。）

國王看了副官一眼，環視士兵。雖然他們都戴著面具，國王肯定知道每個人的表情。

（是啊。真的是……拿大家沒轍。）

國王的嘴角，勾起分不清是微笑還是苦笑的笑容。

5

接近狼巢穴時，凱寧清楚聽見了聲音。是殺掉菲雅的狼群首領，狼魔物的聲音。

那一天，闖入廣場的狼魔物怒吼道「你們吃光森林，喝光水源，現在連我們的生命都想奪走嗎」，還有「以死償還吧」。

她因此得知，是因為婚禮前的狼狩獵惹火了狼群，牠們才會發動襲擊。野生動物不會靠近同伴被殺的場所，但對沙漠的狼群而言，同伴被殺的恨意，似乎勝過了本能的恐懼。

可是凱寧覺得，狼群也一樣動不動就會襲擊人類。事實上，菲雅遇襲時凱寧就在現場，之後跟尼爾穿越沙漠時也是，每次都會遭受襲擊。

不是哪一方有錯的問題，不是誰先動手的問題。互相殘殺的這種力量衝突，一旦開始就無法阻止。親近之人被殺，會萌生難以撲滅的憎恨火種。凱寧自己也在復仇的過程中找到了生存意義，所以她知道……

『殺了那些傢伙！』

狼群以咆哮聲附和魔物，牠們感覺到一大群人的氣息。

面具之王在狼巢穴前面向尼爾道歉，應該是在說「抱歉，對你們提出這麼強人所難的要求」。令人驚訝的是，國王回頭望向凱寧，也跟她低頭致歉。凱寧握緊劍柄說道「走吧」，以代替回答。

「這次一定要為悲劇劃下句點！」

白書放聲吆喝，面具之王不知道在大喊什麼。面具士兵一舉殺進巢穴。

這是動員面具城所有士兵發動的襲擊。狼群的數量則在婚禮前減少不少。本以為會迅速分出勝負，他們卻陷入意想不到的苦戰。

狼群動作敏捷，又團結一致。他們撞開士兵，瞄準國王與副官。白書似乎也發現了。

「那些傢伙的目標是面具之王！國王有危險！」

「我來保護國王！」

尼爾將國王護在身後，開始用魔法攻擊狼。國王交給尼爾保護就行。更重要的是——凱寧著手感應魔物的氣息。

沙漠的狼群之所以那麼難纏，是因為有那隻狼魔物在率領牠們。狼魔物感覺有一定的智慧，與單純的野生動物不同。看見同伴的屍體，牠選擇的不是逃跑，而是報復，也證明了牠的智慧足以控制本能。

既然如此，只要打倒那隻狼魔物，狼群就會失去統率。

『我們不會原諒你們人類！我們再也無法共存！絕對！絕對！絕對！』

找到了。凱寧喃喃自語，衝向那個方向。黑影在懸崖上搖晃。狼魔物疑似是從那個位置對狼群下達指示。

凱寧走到懸崖下方，使用魔法。懸崖上的空間很小。速度再快，都沒有地方可以閃躲。如她所料，凱寧的魔法看起來直接命中了狼魔物。

「唔！」

理應射中狼魔物的魔法被彈回來了。凱寧跳向旁邊，勉強閃過。

「那傢伙有反射魔法的能力！」

所以牠才敢不慌不亂地待在狹窄的懸崖上……

「凱寧！小嘍囉交給妳！先減少敵人的數量吧！」

「知道了！」

數量變少的話，狼魔物就得親自戰鬥。凱寧對衝向面具之王與副官的狼群揮劍。牠們的攻擊對象是固定的，動作很好預測。

而且，其他狼沒有反射魔法的能力。凱寧劍與魔法並用，剷除狼群。

『不可饒恕！該死的人類！不可饒恕！』

狼魔物終於衝下懸崖，速度快得像顆滾落的黑色巨岩。

凱寧和尼爾輪流砍向猛衝而來的狼魔物。在不知道是第幾次的攻擊後，尼爾的劍率先命中黑色身軀。狼魔物血流不止，仍未停止動作，接著輪到凱寧的雙劍襲來。有砍中的手感，但狼魔物還是沒有停下。

「要來了！」

在攻擊的過程中，狼魔物的體表產生變化。凱寧腦中浮現一個可能性，使用魔法，這次沒被彈回來，而是刺進黑色身軀。反覆的攻擊一點一滴消耗了狼魔物的力量。牠無法使用反射魔法的能力了。

「見效了！」

尼爾召喚魔力手臂，勒緊狼魔物，將牠砸在岩壁上。狼魔物徹底停止動作。面具之王立刻拿著長槍躍向空中。

凱寧聽不懂國王所說的話。不過，狼魔物說了『那是我要說的』，他八成是在吶喊要為菲雅報仇、為妻子報仇吧。

國王手中的長槍，刺中試圖站起來的狼魔物。槍尖貫穿牠的眼窩，插著長槍的身體橫倒在地上。

『我們……到底，做錯了什麼……』

狼魔物四肢顫抖，再也不動了。黑色身軀失去形體，逐漸化為塵埃。狼魔物消散的前一刻，凱寧聽見牠在呼喚『爺爺』。

爺爺？什麼意思？

不知道那在指誰，但牠的語氣並非之前那種充滿敵意的語氣。彷彿在對懷念之人說話。

狼魔物灰飛煙滅，長槍失去支撐，倒了下來，發出硬物互相碰撞的聲音。

「這是……!?」

看到國王撿起的東西，尼爾嚇了一跳。白書咕噥道：

「沒想到竟然會在這傢伙身上。」

是最後一塊石板。

「忠誠的賽柏洛斯……」

凱寧想起狼魔物叫的那聲「爺爺」。若賽柏洛斯指的是狼，忠誠是指對「爺爺」的忠誠嗎？這隻狼魔物，以前是跟人類一起生活的？

「……怎麼可能。」

凱寧輕輕搖頭，跟在尼爾他們後面離開。

〔報告書 15〕

頻繁的異狀化為常態，「出乎意料」這個詞逐漸變得沒有意義。我們無法準備其他抑制失控的魔王的手段。也就是說，情況完全不可能好轉。

明明有固定攝取魔素，變成崩壞體的個體卻愈來愈多。推測是因為魔王的精神狀態及想法產生變化，導致魔素慢慢變質。

目前，因為變成崩壞體而失去控制的型態體大幅增加。其數量未來想必也會直線上升。我認為必須盡快進入採集階段。

至於環境方面的條件，已經無須擔憂。178 年前，白鹽化症候群停止蔓延，也成功殲滅了變異體。可是，計畫卻遇到瓶……

NieR:RepliCant
ver.1.22474487139...
《型態計畫回想錄》
File02

雙子之章

沒人知道靈魂來自何方。不過，人類來自何方她倒是知道。答案很簡單。

波波菈凝視著躺在床上的女子。規律的呼吸聲傳入耳中。由於室內過於安靜，明明是微弱的聲音，聽起來卻如此刺耳。

深夜時間不會有人來圖書館。不過即使是白天，應該也聽不見人類的交談聲和其他聲音。這裡是圖書館最深處的房間，村民稱之為「產房」。禁止隨便進入，連靠近都不行。

而且，還有人不知道這個房間的存在。就是小孩及未婚人士，以及決定不會生小孩的已婚人士。因為他們不需要任何與生產有關的情報。

不僅限於生產方面，她們不會提供沒必要的情報給村民。這一點對於妥善管理村民來說很重要。多餘的情報會影響他們的行動，招致異常事態。

然而，難以判斷哪些情報是必要的，哪些是不必要的。跟生小孩一樣，馬上就能判斷情報需要與否的事情並不多。反而還有那種當下覺得有必要，事後回想起來卻發現無須提供的情報。例如……不，還是別說了。

波波菈停止思考，背對床鋪，走向設置於房間深處的祭壇。進入這個房間的人，相信這是生產儀式要用到的祭壇。因為波波菈這樣跟他們說明。

她走到祭壇旁邊說出「認證碼」，祭壇便靜靜移開。底下是通往下方的樓梯。踩上樓梯後，波波菈感覺到祭壇移動回原位，四周被黑暗籠罩。

她不斷往深處前進。這裡雖然暗得伸手不見五指，對波波菈而言卻不成問題。樓梯的階數及高度，她不知不覺記起來了，現在閉著眼睛都能上下樓。

走過漫長的樓梯後，迎接她的是地下通道。是舊世界的居民開闢的道路。不是用來行走，而是供交通工具行駛用的。

村民肯定無法想像，世上存在容納得下比整個村子的人更多的人口的交通工具。也無法想像那是由金屬做成，形狀是好幾個連接在一起的箱子。他們沒必要想像，也沒必要知道就是了。

「怎麼了？愁眉苦臉的。」

聲音自黑暗中傳來。是迪瓦菈。她似乎在等波波菈下樓。之所以站在柱子後面，是想突然出聲嚇她一跳吧。迪瓦菈偶爾會想到幼稚的惡作劇。

「我沒有愁眉苦臉。」

她觸碰牆上的控制面板，切換成「自動駕駛」。這個操作同樣需要「認證碼」。認證碼採用語音輸入，以免被迪瓦菈和波波菈以外的人入侵。就算認證碼的情報外洩，村民也發不出那個聲音。

操作完畢後，地下通道的一部分亮了起來。那臺交通工具裡面的燈點亮了。車門自動開啟。波波菈走進去後，迪瓦菈也一副理所當然的態度跟在後面。車門彷彿在等她們入座，自動關閉，交通工具開始行駛。

「妳是不是有什麼煩惱？」

迪瓦菈提高音量說話。舊世界的交通工具又快又舒適，卻有著會發出巨響這個缺點。波波菈本想否認，在途中改口說道：

「我在想要怎麼懲罰在生產儀式途中偷跑出來的迪瓦菈。」

儀式會持續一個禮拜。這段期間，迪瓦菈和波波菈其中之一必定得待在「產房」。因為直到村裡的女性成為母親，帶回嬰兒前，不能讓任何人進入那裡。不只「產房」，通往地下的樓梯、金屬製的交通工具……以及存在於前方的東西，都不能被其他人知道。

「現在是波波菈的時間吧？」

有圖書館的工作要處理的波波菈，白天很難抽得出時間。於是就變成白天由迪瓦菈，晚上由波波菈負責。

「是沒錯。但昨天下午有人在酒館看到妳喔？」

「糟糕，真該下封口令的。」

「要是人家問原因，妳要怎麼回答？」

「這……」

「不可能管得住別人的嘴巴。」

村民當然不知道兩人的分工制度，也不知道正在舉行生產儀式。孩子的父親雖然知情，兩人會叮嚀他在儀式結束前不可以跟別人說。因為對其他村民而言，這也是多餘的情報。

「抱歉抱歉，我投降。我只是想喘口氣。」

「我知道，可是要適可而止。這又不是一年會發生好幾次的事，跟以前不一樣。」

生產儀式的次數比以前少，因為黑文病的死者增加了。

「對了，妳怎麼在這種時間過來？」

「我剛剛不是問了嗎？妳是不是有什麼煩惱？」

「因為妳……」

「真是可愛的騙子，看看這是什麼？」

迪瓦菈拿著一張皺巴巴的紙甩動。是大約一小時前，波波菈揉成一團丟掉的「報告書」。

「竟然跑去翻垃圾桶，這可不是什麼高尚的興趣。」

「為什麼只寫到一半？」

迪瓦菈眼中不帶笑意。騙不過她，只能老實回答。

「因為我寫不下去。」

「妳在猶豫？」

迪瓦菈似乎看穿了她的心思。波波菈點頭。

「本來就是我判斷失誤，不小心告訴悠娜多餘的情報。」

「『月之淚』那件事嗎？」

「對。」

她萬萬沒想到，小孩子會跑進石之神殿。所以悠娜詢問哪裡有「月之淚」的時候，她隨口就回答了。她認為**之前都沒出問題**，所以這次也不會有事。然而，尼爾因此遇見了白書。

「不對。不是妳的錯。歸根究柢，錯的是為所欲為的魔王。黑文病的患者變多，也是魔王害的。我們只是在設法阻止他吧？不是妳判斷失誤。」

「妳真溫柔。不過……」

她不只一次判斷失誤。她想利用這個村子的尼爾，阻止失控的魔王。**只要尼爾守住悠娜**，魔王就無法得逞。但事情再度違背她的期待。魔王成功擄走悠娜。意即他的計畫並未受挫，至今仍在進行。

而另一個判斷失誤，招致了最壞的結果。

「尼爾知道太多了，他太接近型態計畫的核心。」

「既然如此，我們該做的只有一件事吧？有什麼好猶豫的？」

「嗯，我之前也這樣想。沒想到會這麼猶豫。」

她原本打算對所有村民一視同仁，沒有特別對待尼爾的意思。

「對啊，我也嚇了一跳。這就是所謂的產生感情吧。」

體弱多病的妹妹、疼惜妹妹的哥哥。她們已經**看過無數次**。即使知道尼爾最終的命運，應該也能泰然自若才對。

「想幫尼爾實現奪回悠娜的願望，我也有同感。不過，那個願望絕對不會成真。」

「我明白。所以，如果能至少等到……」

「波波菈！」

迪瓦菈嚴厲地打斷她說話。

「別再說了。」

迪瓦菈面色凝重，波波菈知道，這同時也是在自我勸戒。因為波波菈準備說的話，迪瓦菈以前也說過。

『最近，我經常想起和那傢伙一起度過的時光。如果能再等一百年，至少到下一個世代……』

『迪瓦菈！』

『我知道。我很清楚。那是不被允許的。但妳也有同樣的想法吧？』

『儘管如此，我們別無選擇。』

波波菈知道迪瓦菈內心動搖了，當時才會故作鎮定。因為她們很清楚對方的感受。其中一方動搖，另一方就必須保持冷靜。其中一方猶豫，另一方就必須下達正確的判斷。那就是她們的行事準則。

「對不起。嗯，妳說得對。」

現在，內心動搖的是波波菈，迪瓦菈試圖用銳利的言詞糾正她……

「我們是型態計畫的管理者。」

「嗯。」

她知道。她無時無刻都記著這件事。她們為此監視村民，若有必要，還會干涉他們的行動。除去異常事態的芽苗，穩定的世代交替，一直以來費盡苦心。

「履行身為管理者的使命吧。別擔心。因為以我們的構造來說，不會為感情所動。」

像在說笑的聲音，聽起來格外悅耳。波波菈心裡湧現一股安心感。只要有迪瓦菈在，就不會有事。迪瓦菈陪在我身邊，我陪在迪瓦菈身邊。只要我們在一起，肯定能達成使命……

「就快了。」

迪瓦菈忽然自言自語，波波菈沒有回問。她知道她想說什麼。

鑰匙集齊，通往魔王城的門就會開啟。五年前抓走悠娜後，自此下落不明的魔王，沒想到會潛伏在這麼近的地方。由於她們用盡各種手段查明他的行蹤，知道這件事的時候可謂啞口無言。而且魔王還細心地封鎖入口，躲在「城堡」裡。

她原本還在擔心能否打倒守護鑰匙的強大魔物，尼爾卻做得很好。這樣就能進入魔王城。就快了。可以阻止失控的魔王，繼續型態計畫……

交通工具於昏暗的道路上行駛了一段時間，停在開闊的場所。迪瓦菈皺眉伸了個懶腰。

「終於到了。坐再多次我都喜歡不上這東西。」

「是嗎？我倒是挺喜歡的，比船快好幾倍。」

「也是，打從一開始就沒有其他選擇……」

不以這個速度移動，根本不可能短短一小時左右就在村莊跟設施(這裡)之間來回。畢竟這個地方位於尼爾搭乘貿易船得花上將近半天才能到的石之神殿前方，「魔王城」旁邊。

而且為了避免村民發現，最好經由地下通道移動。

不過即使知道她們要去哪裡，村民也不會踏進。舊世界的廢墟對他們來說是禁忌的場所。看見迪瓦菈和波波菈進出那樣的地方，他們八成會大驚失色。然後用「祭司肯定有什麼重要的任務」之類的理由說服自己，停止思考……

兩人下了交通工具，快步前行。跟圖書館地下不同，這裡寬敞又明亮。樓梯的空間也足夠讓她與迪瓦菈並肩而行。蓋這棟建築物的時候，應該有考慮到許多人同時上下樓的情況。現在雖然是座空城，以前可是有不少人在這裡工作。

她們按照慣例用聲音輸入「認證碼」，打開「禁止進入區域」的門鎖。推開厚重的金屬門，不斷前行。

「目前沒出狀況吧？」

波波菈點頭，停下腳步。再次輸入「認證碼」。這就是最後一扇門。

「複製成功了，就我看來很順利。」

門在打開時發出空氣外洩的聲音。裡面隔著一道空氣的牆壁，防止病毒及細菌跑進來……的樣子。

「只要在最終確認的階段，沒發現基因（資料）有問題就行。」

寬敞的室內，放著好幾個透明的筒狀容器。不過有在使用的只有一個。以前會同時有好幾個容器裝滿培養液，那樣的畫面很久沒看見了。

「今晚是第七天嗎？」

迪瓦菈看著容器內部。縮起身體的嬰兒在培養液中搖晃。

真可憐，這孩子的上一代還沒滿十歲，就掉進水路溺死了。明明是擁有長命百歲基因的孩子。這次也……不對，這次他的生命，應該會更加短暫吧。

也許這樣反而更幸福。在萌生自我前死去，就不會失去。仔細一想，要是沒有產生自我這種東西，人工生命體就不會不幸了。

於培養液中出生，在短暫的期間於外界長大，死亡，回到培養液中。重複過無數次的基因複製。這就是人類來自何方、去往何方的答案。

「怎麼了？」

迪瓦菈邊問邊準備搬運用的容器。波波菈驅散感傷的心情，微笑著回答：「沒事。」

必須加快腳步。得在天亮前把這孩子帶回村莊。回去後要讓預計成為他母親的女人醒來。然後讓她將嬰兒抱在懷裡，說出為生產儀式作結的臺詞。

恭喜，是妳生下來的小寶寶喔。

〔報告書 15-2〕

頻繁的異狀化為常態，「出乎意料」這個詞逐漸變得沒有意義。我們無法準備其他抑制失控的魔王的手段。也就是說，情況完全不可能好轉。

明明有固定攝取魔素，變成崩壞體的個體卻愈來愈多。推測是因為魔王的精神狀態及想法產生變化，導致魔素慢慢變質。

目前，因為變成崩壞體而失去控制的型態體大幅增加。其數量未來想必也會直線上升。我認為必須盡快進入採集階段。

至於環境方面的條件，已經無須擔憂。178 年前，白鹽化症候群停止蔓延，也成功殲滅了變異體。可是，計畫卻遇到瓶頸，原因在於無法履行跟「魔王」之間的約定。

人類直到最後都沒有發明出阻止崩壞體化，讓人體恢復原狀的技術。說起來，如果做得到這種事，現在面臨的問題 99% 都能得到解決。

目前同樣不可能履行約定，狀況卻產生了變化。「魔王」自己想毀約。簡單地說就是「沒耐心了」吧。空等一千年的時間，實在太過漫長。

說來諷刺，「魔王」的背叛導致條件齊全了。唯有能將白書的功能缺陷修復多少尚未明瞭，不過，現在只能相信千年前的人類的技術。

接下來只要將「魔王」的人工生命體送入魔王城，即可啟動融合程序。已備妥完善的輸送路徑。

因此，以這份報告書通知，開始執行型態計畫的最終階段。

（記錄者・波波菈）

NieR:RepliCant
ver.1.22474487139...
《型態計畫回想錄》
File02

青年之章 8

1

取得最後一塊石板後，尼爾在海岸鎮購買材料，拿到廢鐵山的店請人幫忙強化武器。他知道黑書有多難對付，魔王肯定更加難纏。他想盡量裝備強力的武器。

尼爾與準備在外露宿的凱寧和艾米爾告別，趕往村子。他預計明天立刻出發。

可是……

「怎麼了？」

腳步似乎在不知不覺間停下來了，飛往北門的白書飄了回來。

「啊……嗯。」

「你在擔心什麼嗎？」

「沒有。只是在想，這樣終於能去救悠娜了。」

「嗯，是啊。」

悠娜被帶走，過了五年以上。至今以來，他從未回頭，始終看著前方前進。如今終於看見旅途的終點，尼爾忍不住回顧之前走過的道路。

「怎麼了？表情那麼複雜？」

「小白，我有件事想跟你商量。」

回首往昔，真是漫長又艱辛的道路。正因如此，他才會心生迷惘。

「是關於凱寧和艾米爾的事。」

「說來聽聽。」

「魔王城的戰鬥，會比之前更加激烈。魔王一定很強。雖說是為了悠娜，把凱寧和艾米爾牽連進來好嗎？」

他們已經提供了太多的協助。在崖之村的時候也好，在海岸鎮的遇難船上也罷，都是因為有他們兩個，尼爾才得以存活。連魔王城都要讓他們同行，沒關係嗎？

白書傻眼地說：「都這個時候了。」

「是沒錯。可是……」

就在這時，腳邊突然爆炸。

「哇！」

尼爾向後跳開，卻沒有完全閃過。雙腿被爆炸的氣流震得發麻。

「到底是什麼情況？」

「對、對不起！」

轉頭一看，艾米爾拿著手杖飄在不遠處。

「原來是艾米爾的魔法，你怎麼這麼粗魯？」

「凱寧姊叫我做的……」

凱寧大剌剌地走過來。

「因為那個沒種的傢伙在那邊胡說八道。」

剛才的對話好像被她聽見了。

「凱寧，艾米爾，我——」

「竟然說要留下我們，不是胡說八道是什麼！」

「對呀。」

艾米爾飛到旁邊。

「尼爾哥願意接受這樣的我，對我說不管發生什麼事，都會陪在我身邊。這次輪到我們報恩了！」

「別逼我一個個說明報恩、夥伴這種害羞的事！」

尼爾心想「可是……」，同時也覺得「所以我才……」。然而，話還沒說出口，就被艾米爾明亮的聲音打斷。

「但我們可沒說要做白工喔！救出悠娜小姐後，尼爾哥也要來幫我們的忙！」

「幫你們的忙……？」

「沒錯。」

艾米爾用力點頭。

「我們要踏上旅途，尋找趕走凱寧姊體內的魔物，還有讓我的身體恢復原狀的方法。一定很愉快。順便品嘗全世界的美食吧！」

「我會把你吃垮，勸你先把錢準備好。」

明明不能保證可以活著回來，兩人卻一副旅途即將結束，還有一段新旅程的態度。他們相信自己，將信任託付給自己。尼爾感覺到了這份感情的重量及溫暖。

「謝謝。」

現在他能回應兩人的，只有這句話。

「一定要救出悠娜。」

2

「要走了嗎？」

尼爾點頭回答迪瓦菈的問題。迪瓦菈和波波菈同時待在圖書館，真的很罕見。

他本來預計跟在圖書館的波波菈道別後，再去酒館和迪瓦菈道別，前往碼頭。

大概是迪瓦菈預料到了，特地移動到圖書館。

「村裡的人都在討論，說你要去把悠娜妹妹帶回來。」

明顯聽得出，波波菈顧慮到尼爾的感受，有盡量讓語氣輕快一些。

「我一定會帶回悠娜。」

「你真的要走了呢。」

波波菈低下頭。

「那個……」

她欲言又止，最後像改變主意似地搖搖頭。

「不，沒事。」

「波波菈就是愛操心。」

尼爾心想「噢，原來如此」。波波菈應該是想說「很危險」。她一直很關心尼爾。只不過，就算她表示有危險，尼爾依然從未停止狩獵魔物。所以波波菈才會閉上嘴巴。連魔物都不肯停止狩獵的尼爾，沒道理不殺進魔王城。

「路上小心。」

「謝謝妳，波波菈小姐。迪瓦菈小姐也是。」

尼爾轉身打開門。

「真的要小心喔。」

尼爾回頭對波波菈微笑，反手關上門，衝下狹窄的樓梯。

「話說回來，『鑰匙』竟然收集得這麼順利。」

白書納悶地咕噥道。

「簡直像有人讓我們收集的……」

「小白想太多了。」

「不過……」

他明白白書想說這搞不好是陷阱。若要舉出可疑之處，還真的數不清。但如果是陷阱，一定會有設陷阱的人。想揪出那個人的話，跳進陷阱反而是最快的。

「就算是陷阱，只要悠娜在那裡，我就會去。」

白書簡短應了聲「是嗎」，然後便陷入沉默。

前往碼頭的途中，有好幾位村人叫住尼爾。

首先是衝下圖書館前的山坡時，在那邊散步的老人拍著他的肩膀說：「敵人可是魔物之王。小心點。」

在噴水池附近玩的孩子們，問他「悠娜回來後，我可以跟她一起玩嗎？」尼爾的回答當然是「跟她好好相處吧」。

在通往碼頭的樓梯前，有人跟他說「你把悠娜妹妹帶回來後，村子的氣氛一定會變得有活力許多」。

他想起波波菈剛才說「村裡的人都在討論」。那些心地善良的人，在他跟年幼的悠娜一起努力求生的孩童時期提供了許多協助。就算是為了他們，也要打倒魔王。只要沒有魔王，情況一定會有所改善。

船長在碼頭用一如往常的語氣問「你要去哪裡？」。消息都傳得這麼開了，他不可能不知道尼爾的目的地。仔細一看，他的眼角帶著笑意。尼爾察覺到，船長用跟平常一樣的臺詞問話，是想緩解他的緊張。

「去石之神殿。」

聽見尼爾的回答，船長揚起嘴角。

3

在石之神殿後方下船前，一切都一如往常。然而，穿過小洞窟後，景色立刻產生巨大的變化。

「魔物!?為什麼會出現在這種地方……」

至今以來，他從來沒在進入神殿前遇過魔物。如今木橋上、用來爬上懸崖的梯子附近都有魔物。不是上次來的時候遇到的小型弱小魔物，全都身穿甲冑，手拿長劍。

「應該是魔王派出來迎接我們的。真貼心。」

白書嘆息出聲。守護石板的魔物全部打倒了，魔王當然也知道，所以才會加固防線。
於神殿內部出現的魔物也穿著鎧甲。數量絕對稱不上多，但每隻都很強，每一層都會出現。拜其所賜，他們花了好一段時間才抵達屋頂。
開門踏進通往祭壇的房間時，白書感慨良深地說「終於可以通過這裡了」。尼爾深有同感。
收集石板，湊齊鑰匙所需的時間，以及從神殿後方抵達這裡的時間，都足以用「終於」形容。
他緩緩走向祭壇。沒有撞破天花板的魔物，也沒有源源不絕的小魔物。
「真是討厭又懷念的景色。」
是啊，尼爾點頭贊同。
「第一次遇見小白，還有第一次跟小白並肩作戰，都是在這裡。」
「哦，小白先生以前原來住在這種地方。」
「大致上來說，是這樣沒錯。」
與其說住在這邊，更接近被封印，白書卻用「大致上來說」帶過去，八成是懶得解釋。
「這破房間很適合破紙片。」
凱寧依然毒舌，但白書也不遑多讓。

「都要感謝某位內衣女在這大鬧了一場啊。」

凱寧「大鬧了一場」的結果，導致牆壁四處崩塌，地板也滿是坑洞，於祭壇展開的結界卻完好無損。這也是魔王之力的一部分嗎？

尼爾邊想邊將五塊石板放在祭壇的圖案上。石之守護神、記憶之樹、機械之理、祭品、忠誠的賽柏洛斯，分毫不差地放上正確的位置。

五角形組合完成的同時，祭壇底部的門開始搖晃。疑似結界的圖紋消失，門扉發出金屬摩擦的刺耳聲響開啟。

「這是……升降機？」

「看起來是。」

不像廢鐵山的升降機那樣有生鏽，也聞不到油臭味，不過門的開法及門與地板間的細縫都如出一轍。

然而，讓人懷疑是不是升降機的原因，在於沒有標示目的地的按鈕。內部的牆壁光滑平整，毫無起伏。怎麼碰都沒反應。

「是不是藏在哪個地方？」

艾米爾調查天花板。

「這種╳※○△☆門，這樣處理就對了！」

凱寧抬腿想踹門的瞬間，門關上了。與廢鐵山相似，卻安靜一些的聲音及震動傳來。看來這座升降機設計成進入內部一定時間，就會自動啟動。

不久後，升降機隨著輕微的晃動停下。門緩緩打開。天花板挑高的石頭步道映入眼簾。前方是平緩的上坡，盡頭有扇巨大的門。

背後傳來金屬摩擦聲。轉頭一看，門關上了。哪裡都找不到跟廢鐵山一樣的開關。

「這是在表示不會放入侵者回去嗎？」

「打倒魔王就行了。魔王死後，力量也會消失。」

反正他本來就打算打倒魔王才回去。

「走吧。」

尼爾在稱不上長的走廊上邁步而出，推開門。門沒有上鎖。門縫間透出一絲璀璨的陽光。

「好漂亮，竟然有這種地方！」

是座由石頭及綠意構成的美麗庭園。鋪著鋪路石的小徑途中，有座短短的石階，對面也有一條小徑。明亮的陽光灑在整齊的樹木及花草上。

小徑兩側設置了女性的雕像。尺寸巨大得要抬頭才看得清，做工精細。可惜其中一尊碎掉了。

庭園中央用彎曲的金屬柵欄圍住。由於這裡沒有能遮風擋雨的屋頂，那些柱子應該是純粹用來裝飾的。

「真是精緻得令人傻眼。」

美麗歸美麗，這個地方很難說有實用性。種了那麼多色彩繽紛的花朵，八成需要大量的水及肥料，肯定能種出足夠養活好幾個家庭的小麥。

尼爾邊走邊覺得浪費。用柵欄及柱子圍住的場所正中央，設置了一個高腳水盤。兩隻白色小鳥停在邊緣，可能是來洗澡的。尼爾放輕腳步，以免嚇到牠們。

「那扇門就是出口嗎？」

離開小鳥一段距離後，艾米爾指向前方。乍看之下，沒有其他看起來像出口的門。只有那扇他們剛剛才推開的門，位於遙遠的後方。

「去看看吧。」

「感覺明顯是陷阱……」

「無所謂。」

陷阱就陷阱。即使有一群巨大的魔物，即使有一堆危險的陷阱，只要全部打倒、破壞，繼續前進即可。

可是，門後的景象輕而易舉地讓尼爾做好的覺悟白費了。又是座美麗的庭園，明亮和平的景色。

「跟剛才那個地方好像。」

豈止是像，連有一尊女性雕像碎掉的部分都一模一樣。其中有什麼超現實的含義嗎？

「總之只能繼續前進了。」

然而，走到盡頭推開門後，又是類似——不，一模一樣的庭園。

「總覺得這裡跟剛才的地方好像……不如說一樣。」

「回去吧。」

他將手伸向剛經過的門，卻打不開。或推或拉都紋風不動。

「滾開！」

凱寧推開尼爾，使勁踹門。不過只有在上頭留下淺淺的腳印，門連一條縫都沒打開。

「莫非……」

「小白？怎麼了？」

白書沒有回答尼爾的問題，繼續前進。尼爾快步追在後面。

「開門。」

他照白書所說推開門，門後依舊是同樣的庭園。走進其中，門就關了起來，怎麼推怎麼拉都一動也不動。

「你看。」

白書所指的地方，有淺淺的腳印。剛剛才打開的門的另一側，為何會有凱寧的腳印？

「看來我們被困住了。」

凱寧嘖了一聲。並非前方都是相似的庭園，而是一直在同一個地方繞圈。

「不，未必。搞不好其他地方有門以外的出口。」

尼爾環視周遭。哪裡會有不是門，可以離開的地方？若要設置機關，會設置於何處？

他將柵欄及柱子一一調查過。艾米爾於樹木上方飛行，調查根部。可惜半點收穫都沒有。

尼爾試著用劍砍柵欄，什麼事都沒發生。他破壞放在旁邊的木箱洩憤。然後發現，水盤邊緣的兩隻小鳥還停在那邊……

奇怪，發出這麼大的聲音，牠們卻沒有要飛走的跡象。大步走近，接近到伸手就碰得到的距離，小鳥連翅膀都不張開。在村子附近看見的鳥，可是光發現人類就會逃走。

『真實之聲所問何人？』

聽見低沉的聲音。

『真實之相為誰所見？』

不是幻聽。

『回答我的問題。』

艾米爾驚呼出聲。

「小、小鳥在說話！」

這就是機關，小鳥不可能會說人話。

『我問你，人類為何從世上消失？』

「這是什麼？牠在說什麼？」

「等等。」

白書語氣嚴厲。

「是暗號。」

「暗號？」

「恐怕是讓人能離開這裡……讓人能繼續前進的咒文。我記得……以前好像在哪聽過。」

在哪裡？白書陷入沉思。

『我問你。人類為何從世上消失？回答吧。』

小鳥重複同樣的問題。原來如此，如白書所說，不說出暗號，牠就只會重複同樣的問題。可是，尼爾不知道暗號是什麼。波波菈或許會知道，但又不能折回去問她……

「我的答案是，因為黑文病。」

「小白？」

「別吵，我想起來了。」

他很快就知道白書的答案是對的，小鳥提出了下一個問題。

『我問你，人類如何延長壽命？』

白書用信心十足的聲音說道：

「我的答案是，將身體及靈魂分離。」

『我問你，靈魂將去往何方？』

「我的答案是，放入做為替身的傀儡。」

靜寂降臨。經過好一段時間，小鳥回答：

『行。在此將此人視為主人，允許進入城內。』

小鳥飛走，開門聲響徹四方。尼爾走向這次真的是正確出口的門，感到疑惑。

「小白為什麼知道暗號？」

「你以為我是誰……雖然想這麼說，其實我也不太明白。」

「不太明白？」

「以前在某個地方聽過。可是到底是在哪裡聽誰說的，我完全想不起來。」

說不定是很久以前的事。凱寧在旁邊低聲說了句：「老人痴呆。」

「內衣女，妳說什麼？」

白書不甘示弱地回嘴，一面飄向門扉。這時，他突然停止動作。在打開的門前停在空中。

「怎麼了？」

跟在後面的尼爾大驚失色。前方是寬敞的中庭，他看見了不應出現在此處的人物。

「迪瓦菈小姐⁉波波菈小姐⁉妳們怎麼會在這裡⁉」

尼爾急忙衝過去，在途中停下腳步。有種不能隨便靠近的感覺。兩人的表情略顯冷漠。

「你……要不要回村子裡？」

「這裡很危險喔？」

迪瓦菈和波波菈的聲音都平靜如水……又冰冷。

「就算進到裡面，也不知道悠娜會不會回來。」

白書打斷迪瓦菈說話，語氣嚴厲。

「妳們如何來到這裡的？」

「現在是我們在問問題。」

波波菈看都不看白書一眼，兩眼直盯著尼爾。

「你要怎麼做？回去？還是不回去？」

不管她們兩個怎麼說，答案都不會改變。

「怎麼可能回去。我們要繼續前進。」

「是嗎？那就沒辦法了。」

迪瓦菈和波波菈緩緩舉起手杖。在村裡舉辦婚禮、葬禮等儀式時，一定會拿著的手杖。

為什麼？為什麼她們要拿杖對著這邊？

「我其實並不想跟你戰鬥。」

尼爾懷疑自己聽錯了。戰鬥？為何？

「真的……不想跟你戰鬥。」

「什麼意思!?」

「這是打從一開始就決定好的命運。」

迪瓦菈揮下手杖，彷彿在表示多說無益。

「不過，可以的話我不想跟你戰鬥。這是真的。」

波波菈嘴上這麼說，揮動手杖的動作卻沒有半分遲疑。

「如果能再等一百年……等到下一個世代就好了。」

「妳在說什麼!?」
搞不清楚狀況的尼爾，只能一味閃避兩人的攻擊。
「她們是魔物嗎？」
白書詢問凱寧，是個刺耳的問題。
「不，似乎不是。」
就算聽見凱寧的回答，尼爾也沒有得到救贖。兩人並未停止攻擊。
「騙人……怎麼可能……！迪瓦菈小姐……波波菈小姐……不可能做這種事！」
他閃開迪瓦菈的攻擊，用劍擋住波波菈的攻擊。光是這樣，尼爾就感受到兩人是認真的。
「為什麼？妳們為何要妨礙我們？」
「白書。」
波波菈用令人不寒而慄的聲音回答。
「你這叛徒沒資格質問我們。」
波波菈和迪瓦菈突然開始念咒。兩人的法杖對著白書，而非尼爾。她們的手邊發出光芒，白書也亮起顏色相同的光芒，發出痛苦的呻吟。
「小白！」
光芒消散。

「沒事吧!?」

「力量……被複製過去了。」

這句話剛說完，波波菈的手就射出魔法子彈。尼爾不禁懷疑自己的眼睛是不是出了問題。那個魔法實在太過熟悉。

「她們能使用被封印的話語嗎!?」

波波菈召喚出魔力手臂。

「因為那原本就是我們的力量。」

「只不過是分給你罷了。」

巨大拳頭從天而降。

「為什麼!?為什麼要站在魔物那邊！」

迪瓦菈笑了。

「一切的答案，都在魔王心中。」

魔王？心中？這個說法聽起來就像……

「你們是一夥的嗎？一直是一夥的嗎!?」

「答案要由你自己尋找。」

「為了面對自己的真相。」

魔法攻擊停止。迪瓦菈和波波菈的身體被紅光包圍。跟擁有飛行能力的魔物會用的魔法，是同樣的顏色。

「進入魔王城吧。」

兩人的身體籠罩紅光，高高升向空中。尼爾茫然地看著她們離去。

4

穿過中庭，前方又是走廊。回頭一看，尼爾正低著頭走過來。從小寄予信賴的迪瓦菈和波波菈毫不留情地攻擊他。不混亂才奇怪。如果一直把她們當成「惹人厭的女人」也就算了……例如凱寧自己。

總而言之，那對雙胞胎就是瘟神。不只害尼爾陷入錯亂，還讓白書變得不太對勁。「被封印的話語」被她們用奇妙的魔法複製後，白書就怪怪的。連話都講不好。會說話的書不能好好說話，那可一點都不好笑。

昏暗的走廊走到一半時，前方傳來奇妙的聲音。

「音樂？」

艾米爾歪過頭。難怪她只覺得是「奇怪的聲音」，凱寧對音樂一竅不通，所以聽不出來。而擁有音樂素養的艾米爾，好像連樂曲種類都聽得出。

「我聽見華爾滋。」

走近門扉，凱寧也聽出那是首曲子了。一打開門，她就為音量之大感到啞口無言。講白了點，很吵。

「舞會啊，真豪華。」

她無視白書說的話。沒那個心思聽進去。好幾對如同白色影子的男女，在大廳中跳舞。

「這些傢伙……」

左半身在躁動。杜蘭沉默不語，但感覺得出牠在笑。音樂扭曲了。在跳舞的白影消失了一對。於同一時間出現的，是黑色的……

「是魔物！」

尼爾吶喊的瞬間，魔物也放聲咆哮，舉起巨大的棍棒。

『這裡是人類的聖域，不是人類的傢伙給我消失！』

白影一一化為魔物。

『你們不是人類！』

不想聽見的話語刺入耳中。魔物逐漸增加。腦中浮現要不要暫時撤退的念頭。

「我們好像被關在這邊了！」

艾米爾在門前大叫，看來他也一樣，在考慮暫時撤退。

「無所謂！我本來就沒打算回去！」

「說得也是！」

即使從大廳回到走廊，連接中庭的門肯定打不開。魔王城恐怕設計成了不能回頭的構造。

『這裡是我們該守護的地方。我們最後的城塞。為了我們的心愛之人，不能讓你們破壞這裡。』

不斷增加的魔物鬼話連篇。真是夠了……

「可惡！這樣下去沒完沒了！」

尼爾的聲音蘊含分不清是焦急還是煩躁的情緒。魔物仍在增加。白影通通變成魔物後，魔物憑空冒出。不只拿棍棒的魔物，還有會飛的魔物。

「我去打開通往下一個房間的門！掩護我！」

之前的路雖然無法折返，但可以前進。底部的門是不是也打得開？

凱寧將蜂擁而至的魔物踩在腳底，踢飛牠們，強行接近大廳深處。

『不能去那裡！不讓妳去！不讓妳去！』

背後傳來魔物的聲音，凱寧卻毫不在意，將手伸向門。然而，門鎖住了。

凱寧一腳踹過去。

「蠢貨！妳在做什麼！」

「麻煩的東西破壞掉就對了！」

「住手！妳這麼亂來，萬一——」

她沒打算聽白書的忠告。凱寧不停使勁踹門。鞋跟和門發出沉悶的聲響，鉸鏈劇烈搖晃。門發出有東西碎掉的聲音，應聲開啟。

「開了。」

她轉頭望向囉嗦的白書。這種東西，憑蠻力就處理得了。

「喂，凱寧，後面！」

白書大聲嚷嚷，凱寧卻充耳不聞，說著「走吧」轉身面向門扉。就在這時。

「什麼……」

大大敞開的門，門後看起來是一片黑暗。她很快就看出那不是黑暗。那東西在動。是一群魔物。球體魔物一同從門後滾出。閃不掉。凱寧遭受波及，整個人倒在地上，站不起來，大概是因為後腦杓用力撞上了地面。

她看見四處滾動的魔物一隻隻死於尼爾他們的攻擊下。想起身加入戰局，身體卻不聽使喚。

『住手！別這樣！這些孩子還是嬰兒啊！什麼都不懂的嬰兒！』

嬰兒？那些黑色球體嗎？噢，是真的。聽得見笑聲，也聽得見哭聲。

『至少放過這些孩子！他們等了那麼久，好不容易可以重生……求求你們。拜託了。』

一直在跟他們說話的，似乎是那些嬰兒魔物的母親。
『喂，起來。愉快的殺戮時間要開始囉？對吧，凱寧。』
吵死了。用不著你說，我也會起來。
四肢總算慢慢恢復力氣。儘管頭還在暈，凱寧依然用劍撐著身體，站了起來。
「凱寧！妳沒事吧？」
「嗯，先別管我了，那些魔物在準備合體。」
她聽見魔物母親在召喚魔物嬰兒，叫牠們靠過來。
「這……情況不妙啊。」
艾米爾應該也知道。合體後的魔物有多麼棘手，他們在崖之村就深深體會過了。魔物們卻沒有停下。
除了魔物母親跟魔物嬰兒，淹沒大廳的其他魔物也開始聚集。牠們互相推擠，往同一個地方移動。每隻魔物的輪廓都變得模糊，凝聚成一團黑色物體，接著重新出現清晰的輪廓。
是野獸。外型跟出沒於北方平原的野豬一模一樣的魔物發出低吼。
『我不會承認殺死無罪之人的你們是正義的一方！』
形似野豬的魔物勃然大怒。剛才尼爾砍殺了好幾隻魔物嬰兒，牠在為此憤怒。
『虐殺純潔之人的禽獸！絕不原諒！』

殺掉手無縛雞之力的祖母的魔物，在凱寧眼中就是禽獸。她也想過絕對不會原諒那傢伙。在面具之王眼中，狼魔物無疑是禽獸。在狼魔物眼中，人類是大量虐殺同胞的禽獸。不管是誰，肯定都無法原諒對方。被殺的那一方，絕對不會原諒殺人的那一方。無論有什麼樣的理由。這是事實。

凱寧聽得見魔物的聲音，所以總會覺得愧疚。有時也會不忍心殺掉擁有自我、擁有智慧的對象。她心想，這該有多傲慢啊。即使有罪惡感，最後仍然會下手。

『不原諒！不原諒！不原諒！』

我想也是。凱寧誠心覺得。她對外型與野豬如出一轍的魔物大叫：

「我也沒想過要得到原諒！」

她不會邊殺邊希望對方原諒自己，不會避免正視自己被鮮血玷汙的雙手。

『怎麼回事？妳剛才的心境……』

我哪知道，凱寧不屑地說。現在可沒時間聽杜蘭鬼扯。

「凱寧姊，妳還好嗎？」

艾米爾擔心地飛過來。對於聽不見魔物聲音的艾米爾跟尼爾來說，大概只會覺得凱寧在自言自語。

「我沒事。打倒這傢伙，繼續前進！」

形似巨大野豬的合體魔物猛衝而來。凱寧在千鈞一髮之際閃過，發射魔法。

『有趣！真有趣！』

吵死了。這次她沒有實際說出口。吵死了。閉嘴。現在是打倒這傢伙的時間。用魔法攻擊到牠死為止，用劍砍到牠死為止……

「可惡！體積那麼龐大，動作卻很快！」

竟然連奔跑速度都足以與野豬匹敵。在牠衝刺的過程中，根本無法瞄準。不僅如此，體表還相當堅硬。

然而，牠好像跟野生的野豬一樣，做不出細微的動作。衝得太過頭撞上牆壁時，會癱在地上不動。

「趁牠倒下來的時候攻擊！」

他們故意站在牆邊引牠衝過來，在被撞上的前一刻躲開，讓牠撞上牆壁，在牠倒下時集中攻擊。這個做法很有效。重複幾次後，巨大魔物終於化為黑色塵埃，消失不見。

凱寧喘著氣，心想「這樣總算能繼續前進了」。

「喂……！」

聽見白書的聲音，她回頭望向身後。那裡有另一隻巨大魔物。

「為什麼!?」

外表跟野豬一樣，這次還裝備了類似鎧甲的東西。

「再花時間對付那種東西，你一輩子都到不了悠娜身邊！」

「現在還是快點前進比較好。」

凱寧和艾米爾有同感。剛才她踹開的門還開著。一行人對彼此點頭，奔向那扇門。

門外有道螺旋階梯，他們衝上樓梯。過沒多久，背後傳來地震般的巨響。巨大魔物追過來了。

「哪有空對付那種東東東西！」

白書講話怪怪的。不時會混入類似雜音的聲音。可是，現在沒時間管那麼多。

『生氣了！生氣了！同胞被殺，牠生氣囉！』

杜蘭在笑。

『跟你一樣！滿心憎恨的存在……我最喜歡了！』

你也一樣吧，凱寧在心中回答，一面回答一面奔跑。

『啊？』

你只是逃進了憎恨中。只是因為寂寞、痛苦又孤獨，才用暴力欺騙自己。

『我沒有！』

沒關係的。

『妳說什麼!?』

因為……我也一樣。

『我……』

杜蘭為之語塞，他自己應該也明白吧。

剛才聽見魔物的嘶吼聲，凱寧發現了。自己想著「希望能得到原諒」這麼好的事，在殺敵的同時害怕罪惡感，卻又忍不住靠暴力掩飾一切，同時對這樣的自己感到不知所措。可是，發現了又能如何？

已經……太遲了。事到如今，我們哪有辦法回頭……

不對，她心想。尼爾接受了骯髒、受到詛咒、走在錯誤道路上的自己，原諒了自己，這樣就足夠了。

一行人衝上螺旋階梯，看不見盡頭，凶暴魔物的氣息近在身後。

「這裡有扇門！快點！」

飛在前頭的艾米爾大叫道。他們衝進螺旋階梯旁邊的門。巨大魔物來不及轉彎，衝向上方。

5

得救了——安心感只維持了一瞬間。他們試圖從房間深處的門繼續前進，卻打不開。尼爾試著用力踹門——他沒有學凱寧的意思——仍然毫無反應。

「尼爾哥！」

聽見艾米爾的聲音，尼爾回過頭，剛才那隻巨大魔物不知何時跑進房間了。尼爾心想「牠怎麼進來的？」卻沒時間給他思考。既然逃不掉，只能打倒牠。尼爾拿起劍。

一行人故技重施，繼續讓魔物撞上牆壁，再趁機攻擊。然而，看起來沒什麼效果，或許是因為牠裝備了鎧甲。

「攻擊傷不不不到牠！」

「魔法也是！」

跳到空中，用劍刺，朝著北方平原的野豬的要害——後腦杓。但這隻魔物可不是那麼好對付的敵人。

魔物身體一顫，刺在上面的劍發出不祥的聲音被彈開，掉到地上。尼爾瞬間護住身體，整個背部卻傳來劇痛，無法呼吸。

魔物露出利牙，大大張開嘴巴。顏色一看就有毒的霧氣，隨著咆哮從口中吐出。艾米爾吶喊道：

「這陣霧……不可以吸進去！」

尼爾急忙摀住口鼻，來不及，噁心的臭味直接刺進鼻子。是毒霧。視野劇烈搖晃，眼前一片黑暗。

「振作點！凱寧！」

白書的聲音使尼爾望向旁邊，看見凱寧跪在地上。尼爾自己也不知不覺跪了下來，兩腿無力，逃不掉。巨大魔物逼近，就在他心想「到此為止了嗎」的時候。巨大魔物突然往旁邊倒下，背上刺著好幾把長槍。緊接著，好幾名士兵拿著長槍突擊。

（沒想到你們會因為這種程度的魔物陷入苦戰！）

是面具之王的聲音。風從大大敞開的門吹入，吹散毒霧。

（打開出口！恩人們要過去！）

是面具副官的聲音。

（現在正是我們「面具族」報答各位的大恩之時！）

數名面具士兵衝向房間底部的門。

（大家好嚴肅喔！）

國王開朗地大笑。

「你們怎麼在這裡!?」

（街上的人說的。）

尼爾離開村子時，全村的人都知道他要去帶回悠娜。消息傳得很快。現在有貿易船在各個都市間往來，就更不用說了。

（這裡是魔物之王的城堡對吧？）

正是，白書回答。

（那麼，跟我們也稱不上無關。那一天，我在菲雅的墓前發誓，要成為一個保護人民不受魔物傷害的偉大國王。）

「可是……」

面具副官打斷了尼爾說話。

（這裡由我們守住，各位請繼續前進。）

國王高高舉起手中的長槍。

（我們是「面具族」！）

副官接著吆喝。

（無論何時都絕不退縮！）

士兵們從兩側抓住尼爾的手臂。仔細一看，凱寧和艾米爾也從兩側被人擒住。

「喂！住手！放開我！」

尼爾察覺到士兵想做什麼、國王下了什麼樣的命令，試圖甩開他們。不過，士兵的力氣比想像中還大。大到他想在原地踩穩的雙腿，從地面飄了起來。任憑他再怎麼反抗、掙扎，士兵依然默默將一行人拖走。

（去吧！去取回重要之人！）
士兵們半推半撞地將一行人推到門外。
「國王！」
（那等等見。）
國王露出雪白的牙齒，是從小到大都沒變的笑容。
（等所有事情都解決，再一起玩吧！）
門關了起來。尼爾站起身，用拳頭敲打大門。
「把門打開！光憑你們撐不住的！」
別管那麼多了——門後傳來聲音。
（你要繼續前進！打倒魔王，帶回心愛的妹妹！奪回心愛之人就在身邊的幸福！）
「國王！開門！求你快開門！」
阻止不斷敲打門扉的尼爾的人，是凱寧。她抓住尼爾的後頸，將他拉離門前，賞了他一巴掌。尼爾立刻眼冒金星。
「少拖拖拉拉的！快走！」
他有種一盆冷水迎頭澆下的感覺。
「別讓那傢伙的戰鬥白費。」

凱寧用與平時不同的冷靜聲音接著說。

「這也是為了菲雅。」

這句話比剛才那一記耳光更加強而有力地撼動心弦，凱寧帶頭走在前面。

救出國王時，他以為那就是他們之間的緣分。但不對，事實並非如此。國王展現的友誼，無法只用這麼一句話說明。

尼爾希望他活下來，撐到自己打倒魔王，回到這裡為止。他握緊雙拳，追上凱寧。

6

經過好幾條道路，爬上好幾層樓梯。打倒數不清的魔物。

差不多該結束了吧？他以為打開這扇門，就會看見魔王。或者比之前打倒的魔物更加凶惡、巨大的魔物。眼前的門令他有這種想法。

打開門一看，裡面的空間雖然不及大廳，還是有一定的面積。巨大的玻璃窗對面有座橋，疑似是通往上層的道路。這裡不可能是終點。還沒結束。證據就是魔王不在這裡。也沒有凶惡的魔物。於此處等待他們的，是兩個人。

「迪瓦菈小姐！波波菈小姐！」

是可以的話，他並不想遇見的人。

「你終於來了。」

「我都快等不及了。」

自己咕噥著「為什麼？」的聲音，聽起來很模糊。波波菈叫他自己尋找答案的聲音浮現腦海……這種東西，哪可能找得到。

「為什麼!?」

仔細一想，白書一直在懷疑她們。尋找「被封印的話語」的時候也是，收集做為鑰匙的石板時也是，白書說過，感覺像有人讓他們收集的。是因為尼爾反駁，他才沒有繼續說下去。

白書雖然慎重，卻不會隨便懷疑他人，而他明確說出了自己的疑惑。真該更認真地看待他的意見。

「一千三百年前……」

波波菈接在迪瓦菈後面說道：

「即將滅亡的人類採取的最終手段，就是型態計畫。」

「型……態……？」

白書的語氣很奇怪。不對，一直都很奇怪。從迪瓦菈和波波菈「複製他的力量」的時候起。

「白書，你想不起來嗎？」

波波菈冰冷的聲音傳來。

「那我就讓你想起來。」

迪瓦菈露出他從未見過的笑容。她的嘴巴開始細微震動……不對，那是在發出聲音。如同刀刃在金屬表面劃過，尖銳刺耳的聲音。

白書呻吟出聲。

「小白！沒事吧!?」

他沒有回答，僵在空中。

「我的……腦袋裡面面面。」

在村裡的圖書館被黑書攻擊時，白書也曾經像這樣停止動作過。凱寧和艾米爾似乎也想起來了。

「破紙片！」

「小白先生！」

兩人慌張地呼喚他。尼爾想起五年前的情境，當時是凱寧的怒罵聲喚回了白書。然而，這次沒那個必要。

「我……想起來了……」

白書斷斷續續地說。迪瓦菈和波波菈發出的聲音，在不知不覺間停下。

「小白，你還好嗎？」

「別擔心。」

白書面向兩人。

「迪瓦菈，波波菈，妳們不是人類！」

跟知道兩人站在魔王那邊時的衝擊比起來，這件事他還能冷靜地接受。

「不僅如此……」

白書結巴起來，迪瓦菈輕笑著說：

「講不出口？波波菈，代替他說一下。」

尼爾和波波菈四目相交。跟平常目送尼爾離開，叫他「路上小心」時是同樣的眼神。

「不只我們。現在在這裡的所有人，都是人類製造的『假人』。」

「妳在說什麼……」

「還不明白嗎？」

流露出一絲不耐的聲音，打斷尼爾的話。

「你們不是人類！」

尼爾無言以對。不，是無法理解。

「意思是，這個世界沒有『人類』嗎？」

艾米爾的語氣聽起來都快哭了，白晝回答了他的問題。

「不。我們稱之為魔物的東西……就是人類，曾經是人類的生物的下場。」

「魔物是人類？妳在說什麼？」

他們發自內心憎恨、輕視的魔物是人類，自己則不是人類？太好笑了。連驚訝的情緒都無法產生，令人發笑。

的確，尼爾第一次砍魔物的時候，就覺得跟人類很像。他說魔物跟人類像在砍下去會流血，對方回他「綿羊和山羊不也一樣」。沒錯，魔物跟綿羊和山羊是同等級的存在──當時他是這麼想的……

「你們的身體都有主人，就是只剩靈魂的存在，變成型態體的人類。為了讓他們總有一天能復活，才創造出人工生命體。」

「人工生命體？」

「就是指你們。人類成了與身體這個容器分離，只剩靈魂的存在。為了不死於蔓延至全世界的白鹽化症候群。那就是型態計畫。」

尼爾忽然想起那兩隻白色小鳥說的話。

『人類為何從世上消失？』

『人類如何延長壽命？』

『靈魂將去往何方？』

那一連串的問題。白書回答「因為黑文病」。還有「將身體及靈魂分離，放入做為替身的傀儡」。意味著分離靈魂及肉體，之後再讓兩者融合、重生的型態計畫……

「你們只不過是道具罷了。僅僅是靈魂的容器。為型態體所用的道具。而我們也一樣……」

迪瓦菈的表情看起來有點哀傷。

「我們永恆的人生，只為了聽從人類的命令，控制他人的人生而存在。」

身為在村子裡主持各種儀式的祭司，身為村民的顧問，迪瓦菈和波波菈一直受到眾人的景仰及信任。聰明、善良、溫柔的她們所做的事，全是為了管理村民嗎……

「聊天的時間到此結束。我們要繼續工作了。」

迪瓦菈臉上的表情消失不見。

「把你的身體還來吧，還給原本的主人。」

原來是這樣，尼爾想通了。將魔王城的地點告訴他，讓他收集鑰匙，都是為了引他到這裡。為了那個單方面主張所有權的「人類」。

「你可別怪我。那就是身體沒有主人的我們的職責。」

「沒有主人的身體？」

波波菈不肯回答。她無視尼爾的疑惑，舉起手杖。

「你們有你們的理由。」

迪瓦菈舉起手杖。

「我們有我們的理由，就是這樣。」

白書在空中動來動去，彷彿在表示不耐。

「少裝模作樣了，笨笨笨笨笨笨——蛋！」

很幼稚的發言，連話都講不好。迪瓦菈卻垂下視線說道：「是啊。」

兩人舉起法杖，射出魔法長槍。是與「被封印的話語」完全一致的魔法。

「迪瓦菈小姐！波波菈小姐！請妳們住手！」

母親去世後，尼爾在諸多方面受到迪瓦菈和波波菈的照顧，為何不得不跟那兩個人戰鬥？講故事給悠娜聽的波波菈，在他快要心力交瘁時鼓勵他的迪瓦菈。他們兄妹倆，等於是被這兩個人養大的。

「可惡！為什麼非跟她們戰鬥不可!?」

「她們不會變老，一直在見證。見證過於漫長的歷史……真相。」

「即使如此……有必要這樣嗎……」

腳下刺出無數的利刺，這也跟白書的魔法一樣。尼爾自己在與魔物戰鬥時，用過好幾次的魔法。

他反射性用魔法展開防護罩，逃過一劫。但下一瞬間，魔力拳頭已經從頭上揮下。

「只顧著防禦會被殺！」

那兩個人是認真的。認真戰鬥，認真地要取他們性命……尼爾終於意識到。

「我明白！」

尼爾朝兩人投擲魔力長槍，射出魔力子彈。然而，迪瓦菈和波波菈都面不改色。她們像在歌唱似地朗誦咒文，像在跳舞似地使用魔法。彷彿在玩樂。彷彿不是在跟人類戰鬥，而是在驅逐野獸或魔物。

你們只不過是道具罷了——尼爾想起迪瓦菈這句話。

「不是！我跟妳們不一樣！」

才不是道具，才不是容器。是深愛家人，重視同伴，對明天抱持希望活著的人類。

艾米爾發射魔法，凱寧拿起雙劍，回應尼爾的聲音。

「別停止攻擊！想前進的話就打倒她們！除此之外別無他法！」

尼爾回應凱寧的聲音，揮下手中的劍。

我的身邊有夥伴在。我們是屬於自己的，不會交給任何人，不會讓妳們奪走。

他和白書一同發射魔法。尼爾心想，白書也不是什麼道具，是一直跟他並肩作戰的戰友。

聽見尖叫聲。

是波波菈。迪瓦菈被魔法貫穿，倒在地上。

「迪瓦菈！」

迪瓦菈摔在地上，翻滾了好幾圈，波波菈急忙衝過去。

「迪瓦菈！迪瓦菈！」

她抱起無力的身軀拚命搖晃，這副模樣令尼爾的胸口緊緊揪起。

遭受攻擊，所以他應戰了。覺得會被殺掉，所以他拿出全力反擊。而拿出全力的結果……造成了致命傷。

「迪瓦菈……！」

「妳在哭嗎？」

迪瓦菈回答波波菈的聲音十分微弱。

「迪瓦菈！妳不可以死！」

波波菈的眼淚落在迪瓦菈臉上，沿著臉頰滑落，宛如是迪瓦菈在哭泣。

「我們……」

「迪瓦菈？」

「為什麼被設計成雙胞胎……我現在，明白了。沒有靈魂的……我們……」

「別說話！血……血止不住！迪瓦菈！」
「要一個人活在這個世界上，太寂寞了。時間太漫長了……」
波波菈淚流不止，迪瓦菈用顫抖著的指尖，拭去她的淚水。
「明明會流淚……卻沒有靈魂……真的……好奇怪。」
「不要！迪瓦菈！不要丟下我！」
「對不起……波……波菈……」
為波波菈拭淚的手落在胸膛。
「別丟下我一個人！」
迪瓦菈閉上眼睛，再也不動了。
「不要！不要啊啊啊啊啊啊啊啊！」
波波菈搖晃著迪瓦菈的亡骸哭喊。尼爾從未見過總是氣定神閒的波波菈如此激動，也從未見過她跟小孩子一樣嚎啕大哭……他不忍心看。
「波波菈小姐……收手吧。」
尼爾放下劍。認真打起來的話，一定會有一方沒命。他不想死，不想再讓更多人死去，已經受夠了。
「收手？收手？你叫我收手？」
波波菈抬起頭。哭得涕泗縱橫的她，唯有雙眼閃爍著異樣的光芒。

「你這傢伙覺得自己有那個自由嗎？」

波波菈的語氣並不尋常。

「迪瓦菈……你殺了迪瓦菈，還有臉講這種話……」

瞪向尼爾的眼神明顯是瘋狂的。波波菈的喉嚨發出聲音，不是啜泣聲也不是笑聲的怪聲。

「我要殺了你們……！全部殺光……！」

魔力凝聚在波波菈周身，掀起猛烈的漩渦。

「請妳別這樣！」

艾米爾大叫道。應該是看出這樣下去，波波菈自己會負荷不住。

「現在還——」

「來不及了！一切都太遲了!!」

「波波菈小姐！求妳住手吧！」

然而，尼爾的聲音被波波菈尖銳的笑聲蓋過。失控的魔力膨脹起來，撼動整間房間。腳下的地面裂開，玻璃窗同時碎裂。

「糟糕！」

通往上層的橋斷了。

「這這這這樣過不去去！」

天花板逐漸崩塌。

「我來想辦法！」

艾米爾舉起手杖。魔力籠罩住尼爾一行人。強大的魔力馬上變成透明的繭。在波波菈狂亂的魔力中，艾米爾的魔力緩緩上浮。

「殺了……你們……！」

感覺得到驚人的力量及執念，讓人覺得剛才的魔法攻擊僅僅是遊戲。波波菈展開雙臂，黑色力量如同觸手似地從手中伸出，抓住包覆尼爾一行人的繭。

「逃不掉嗎！」

「不。」

艾米爾以平靜的聲音回答。

「不，沒問題的。」

他直盯著凱寧，以及尼爾。

「我……真的很討厭少年時期那雙會讓人石化的眼睛，還有這具醜陋的身軀。可是，它們同時也是我的驕傲。因為都是多虧這副模樣，我才能跟大家……成為同伴。」

艾米爾一口氣說完這番話，輪流望向眾人。

「謝謝你們。」

「艾米爾？」

「現在，我真的很感謝自己能成為守護人的兵器。」

尼爾察覺到艾米爾想做什麼，他心想「要阻止他才行」。凱寧在尼爾行動前，朝艾米爾伸出手。

「不可以！」

然而，凱寧的手指碰到的只有空氣。

「好了，去吧！」

由魔力構成的繭晃了下，垂直晃動。

「艾米爾！」

艾米爾不知何時移動到了繭的外面，黑色觸手糾纏在周圍。

「我不會有事的。」

他揮動手杖，將包覆尼爾他們的繭推往上方。被波波菈抓住的艾米爾逐漸遠去。

「艾米爾！」

白書聲嘶力竭地大叫，凱寧從內側用力往繭猛踹。

尼爾也拚命拍打魔力繭。他很清楚這麼做改變不了什麼，卻克制不住。

可是，究極兵器的魔力不會因為這種程度就裂開。任憑他們再怎麼踢再怎麼打，藹依然毫髮無損，不斷上浮，最後抵達旁邊那棟建築物的上層。即使如此，尼爾仍未放棄，但他束手無策，只能繼續吶喊。

疑似聽見波波菈的大笑聲。與此同時，他看見一團黑色在膨脹。是魔力。波波菈正在釋放所有的魔力。深黑色魔力隆起成山丘狀，像要將整棟建築物包覆般蔓延開來，又急速縮小。

魔力氣息消失後，什麼都不剩。原本有波波菈在、有迪瓦菈的遺骸倒在那邊、有被拽過去的艾米爾在的地方，只有一個缽狀的坑洞。

7

「西元一九九九年。東京上空出現一隻紅龍，新宿出現白色巨人。那就是事情的開端。」

這條走道很長。每當敵人的攻勢中斷，白書就會為他說明「型態計畫」的真相。尼爾默默聽著。他難以忍受失去艾米爾的傷痛，沒心情說話。凱寧八成也一樣。她走在前面，一語不發。

「白色巨人被紅龍打倒，紅龍則被自衛隊擊墜。政府似乎花了一筆大錢，回收刺在紅色電波塔上的龍的屍骸。」

紅色的塔。尼爾腦中浮現一個畫面。那座形似長劍、奇形怪狀的塔，他覺得自己曾經見過。是夢？還是？

「怎麼了？」

「沒事。你繼續說吧。」

是錯覺。或是在神話森林附近，魔物讓他看見的幻影吧。

「紅龍將名為魔素的未知物質，散播於這個世界，導致兩個結果。一個是魔法，另一個是白鹽化症候群。」

尼爾想起波波菈那句「為了不死於蔓延至全世界的白鹽化症候群」。

「白鹽化症候群如字面上的意思，是會把人類變成鹽巴的疾病。無法治療也無法預防，人類接連變成鹽巴……」

滿地的鹽巴，尼爾看過那個畫面。說不定是當時，這具身體的主人的記憶。雖然他無法確認，出生前的記憶是否真的有可能繼承。

「極少數的情況下，也有不會變成鹽巴，存活下來的人類。只不過，他們最後會失去自我，淪為怪物。看到人就攻擊，名為變異體的怪物。」

看到人就攻擊，跟魔物一樣。這樣的話，當時的人類肯定為了對付他們而傷透腦筋。跟為魔物所苦的這個世界的人一樣。

「白鹽化症候群和變異體，為了將其根絕，當時設立了各種研究機關。提倡型態計畫的派系也是其中之一，起初卻沒有太大的發言權及影響力。畢竟研究本身就遇到了瓶頸。」

將靈魂與身體分離，從技術方面來說是可行的。不過分離的靈魂（型態體）會失去自我的問題，無論如何都得不到解決。人們將失去自我的型態體稱為「崩壞體」，變成崩壞體後，回到肉體也沒意義了。

科學家偷偷摸摸地反覆人體實驗，終於發現從身體分離開來後，也不會成為崩壞體的個體。

「但成功案例就只有那一起。他們之後仍在反覆實驗，可惜除此之外的人通通成了崩壞體。另外，他的家人病情也惡化得非常慢，目前還沒變成崩壞體。兩者都是罕見的案例，搞不好是遺傳方面的原因。」

「等一下。你說『目前還沒變成崩壞體』？」

不是「當時還沒」。而是現在進行式。

「沒錯。她維持在正在變成崩壞體的狀態，好好保存著。」

「她？」

「用冷凍睡眠技術保存起來的，是成功案例的妹妹。哥哥——身為唯一一個成功案例的哥哥，一心想著要救妹妹，和研究機關做了交易。」

哥哥能成為唯一的成功案例的理由，似乎是因為他擁有特殊的「魔素」。經過研究證實，定期攝取他的魔素，能夠預防其他個體變成崩壞體。研究機關向他開出的條件，是要他配合採集魔素，並且提供給他們。

做為報酬，他們會投入龐大的資金及人才，研究如何讓正在變成崩壞體的型態體恢復原狀。儘管要等到很久以後，人類會在白鹽化症候群及變異體都不存在的世界重生，他和妹妹也能繼續一起生活……

「於是，型態計畫開始實施。靠他的魔素存活下來的型態體，最後都對他心生尊敬。」

實際上，所有型態體的命運就握在他手中。據說「魔素」採集出來後，依然會與提供者的精神狀態緊密相連。似乎不是在狀態好的時候採集，就能一直維持良好狀態的東西。

提供者的精神狀態不穩定的話，其他型態體攝取的魔素也會變得不穩定。萬一他失去理智，攝取他的魔素的型態體，全部會失去自我，變成崩壞體。

「對他們來說，唯有變成崩壞體這件事必須避免。」

「為什麼？」

「變成崩壞體的型態體，再也無法變回人類。你記得崖之村那件事嗎？」

尼爾點頭。他不可能忘得了那起悲劇、那些身體被魔物占據的村民。一如往常地跟他交談的村民，身體被黑霧籠罩，轉眼間變成魔物的樣子，駭人無比。

「簡單地說就是那樣。身體無法接受變成崩壞體的靈魂。就算強行合而為一，也會馬上分離。」

因此，研究機關不只採集、提供魔素，還要求他「將精神維持在正常狀態，一直活下去」。型態體尊敬他，是因為希望他未來也能維持正常活下去，好讓自己繼續存活。

「可是，事情沒那麼順利。一千年的時間太過漫長。對於與最愛的妹妹分開，只能空等的他來說，太過漫長了。就算他的精神被孤獨侵蝕，誰有資格責備他？沒有任何事物能填補最愛之人不在身邊的寂寞。」

「即使被人當成國王尊敬？」

正是。白書點頭肯定。型態體的國王、魔物之王。魔王。唯一的成功案例，是魔王。

「魔王的精神狀態，想必在最近幾年迅速惡化了。證據就是，攝取過他的魔素的型態體一個個成了崩壞體。」

從五年前的那一天起，魔物的數量明顯增加，變得更加凶暴……思及此，尼爾意識到了。他感覺到心臟在劇烈跳動。

「魔王有妹妹……」

「我想你應該也發現了，他的妹妹名為悠娜。」

這樣一切就都連貫在一起了。魔王之所以帶走悠娜，是因為那是妹妹的「身體」。而迪瓦菈和波波菈叫他「把你的身體還來」，是因為尼爾是魔王的……

「魔王想跟妹妹一起變回人類？」

「恐怕是。」

「原來如此……迪瓦菈小姐和波波菈小姐什麼都知道。她們這五年來，一直在心中嘲笑拚命尋找悠娜的我嗎？」

悠娜為何會被帶走、她在哪裡做些什麼，她們通通知道，卻選擇瞞著他……尼爾大受打擊。

「不一定。五年前的事件，起因在於魔王失去控制，那對雙胞胎或許也不知情。否則她們應該會更快引我們到這裡。因為讓人類復活的條件都湊齊了。」

「復活的……條件？」

「只要白鹽化症候群的疫情結束，殲滅變異體，即可供人類生存。到時候，啟動讓型態體化的人類同時回到肉體的程式，就是我和黑書的任務。」

這種事做得到嗎？不對，千年前的人類就是因為判斷做得到，才會執行型態計畫吧。萬萬沒想到魔王會發瘋，同胞們接連失去自我。

「等一下！」

白書剛才說，變成崩壞體的型態體再也無法變回人類。既然如此……

「型態體變成那個叫崩壞體的東西，就回不去身體了對吧？那我們……呃。」

尼爾慎重地選擇用詞。他實在不想把自己稱為人工生命體，把型態體稱為主人。

「那可不行。型態體變成崩壞體的話，人工生命體也會死，死於黑文病。」

「黑文病!?」

「型態體和人工生命體，本來就是同一個存在。因此一旦型態體變成崩壞體，人工生命體就會罹患黑文病。最近魔物突然變凶暴，數量變多。同一時間，黑文病的患者也增加了。兩者顯然有關聯吧？」

經他這麼一說，悠娜病發的時候，黑文病還是「罕見疾病」。兄妹倆的母親、看守燈塔的婆婆、前任面具之王雖然都得了這種疾病，患者並不常見。

最近，每座村落或城市都一定會有一、兩位患者。同樣是致命的可怕疾病，卻不再稀奇。

「我因為失憶的關係都沒注意到，黑文病患者增加的真正意義。」

「是嗎？雖然病情控制住了……魔王的妹妹差點變成崩壞體。」

所以悠娜才會得到黑文病。

「等等，這代表悠娜的黑文病治不好囉？」

只要魔王的妹妹不停止變成崩壞體，悠娜的黑文病就永遠不會痊癒嗎？

「不，照理說不會。應該有什麼辦法。只要仔細思考，一定找得到方法。」

白書沒有回答，凱寧代替他開口。

「該辦正事了。魔物的氣息很接近，而且非常龐大，感覺是個厲害的傢伙。就在前面。」

凱寧指向門扉，一定是魔王。

「是啊，現在要去打倒魔王。就這麼簡單。」

其他事之後再想就行。等打倒魔王，奪回悠娜後。

8

門後是寬敞奇妙的房間。凱寧開始對大房間感到厭煩了。只不過，這裡跟之前看到的房間都不一樣。

牆上掛著從天花板垂到地板的窗簾，不時會輕輕晃動，由此可見，窗簾後面應該不是牆壁，而是窗戶。它在隨著外面的風搖晃。然而，室外的光線完全照不進室內。看來這窗簾挺厚的。

房間深處有一張小床，有人躺在上面。

「悠娜！」

尼爾飛奔而出，他終於找到妹妹了。可是，魔物的氣息強烈。凱寧謹慎地環顧四周。

地面突然罩上一層黑影，彷彿要阻止衝向悠娜的尼爾。黑影的顏色迅速變深，繞起漩渦。尼爾停下腳步，拔出劍。凱寧也進入備戰狀態。要來了——下一刻，魔王從漩渦中出現，黑書也在旁邊。

「區區道具，竟敢反抗我們的王！」

黑書的聲音，他不可能忘記。白書怒吼道：

「蠢貨！才不是『我們』。我和你不同！別把我跟你相提並論！」

白書接著對尼爾說：

「好好教訓他們！」

「嗯，結束這一切！」

尼爾砍向魔王，黑書擋在前方。魔力從打開的書頁中溢出，化為無數的刀刃射過來。尼爾揮下劍，卻無法砍掉、躲開所有的刀刃。

凱寧跳到空中，用雙劍擊落襲向尼爾的刀刃。

「小心點！」

「我知道！」

本來在這種時候，艾米爾會負責支援兩人。就算尼爾和凱寧魯莽地殺進敵陣，艾米爾也會用魔法保護他們。兩人受傷時，艾米爾會馬上使用治癒魔法。這成了理所當然之事，因此不知不覺間，尼爾變得會用這種亂來的方式戰鬥。不對，是不用這種方式，就活不下來……

雙劍對著於黑書周圍展開的魔法障壁揮下，尼爾和白書朝毀損的障壁發射攻擊魔法。

「可惡……！你們……幾個……！」

他一次又一次地朝發出怒吼的黑書揮劍。尼爾用劍攻擊時，凱寧會以魔法支援。

他重新體會到，艾米爾已經不在了……

『凱寧……真有趣。妳的心境進化成了十分有趣的狀態。複雜離奇。』

進化？那種東西無關緊要。

她將杜蘭的聲音置若罔聞，縱橫揮舞雙劍。

『不是憎恨，不是悲傷，只有發出白光的水流在潺潺流動。這種感情是什麼？』

你不知道嗎？杜蘭。

凱寧知道自己嘴角勾起了笑容。

我聽過各種「聲音」，感受過同情、恐懼、憎恨。

黑書周圍的護盾碎裂。

我知道。我是骯髒的。我是錯誤的。我受到了詛咒。

保護黑書的刀刃消失。

可是，那傢伙願意接納這樣的我。他願意原諒我。所以……！

『是為了那傢伙嗎？』

凱寧點頭，朝黑書的本體揮下雙劍。

如果我在這個瘋狂的世界中，還有那麼一點時間。我要成為那傢伙的刀刃而死！

她看見劍刃陷進黑書體內。接著，尼爾的魔法擊潰了黑書。

黑書發出野獸般的吼聲四散。變得七零八落的書頁紛紛飄落，消失不見。

這樣敵人就只剩一個了。

9

尼爾抬頭看著空中，黑暗與火焰色的翅膀在視線前方晃動。

「魔王……」

形似影子，魔物特有的輪廓在蠕動著。感覺到魔王的視線，明明連他的五官在哪裡都不確定，卻感覺得到視線。魔王確實在俯視自己。

他們同時使用攻擊魔法。魔力與魔力互相衝突，衝擊撼動四周。

尼爾砍向魔王，卻被擋了下來。魔王手中不知何時也出現一把劍。他用跟尼爾極為相似的動作進攻，用跟尼爾極為相似的動作防禦。是個令人不快的對手。儘管不想承認，尼爾感覺到他和自己是同一個人。

凱寧對自在地於空中飛翔的魔王發射魔法。尼爾趁魔王稍微降低高度時跳起來，一面攻擊，一面閃躲四散的魔法彈。

五年前面臨的壓倒性的魔力差距，現在他已經沒有感覺。再也感覺不到那如同一道牆壁的壓力。尼爾明白，不是魔王變弱了。白書應該會這麼說，是你變強了。

他回想起得到這股力量的過程。那是與悠娜分離的時間。一想到自己是以重要之人為代價才換來力量，憤怒及憎恨的情緒就更加強烈。

為悠娜殺了魔王。不管會造成什麼樣的結果，他都不介意。曾經是人類的人會落得什麼樣的下場、世界會落得什麼樣的下場，都與他無關。

僅僅是為了悠娜。

尼爾閃過如同傾盆大雨般從天而降的魔法彈，朝著那一點邁進。斬裂紅與黑的翅膀，砍向黑色紋路於其上蠕動的身軀。

魔王身體搖晃，尼爾繼續攻擊。就算被擋下，就算被閃開，他依然窮追不捨，不斷攻擊。

魔王終於跪倒在地。再一擊。再一擊就能殺掉他。正當尼爾使勁握住劍柄。

「住手！」

是熟悉的聲音。他不禁停下手。回頭一看，悠娜坐起上半身。她走下床，步履蹣跚，儘管如此，還是踩穩每一步往這邊走來。

「哥哥。」

令人懷念的話語。他不曉得在夢裡聽過幾次了。

「悠娜……」

她長大了，頭髮也變長了。面容從天真無邪的孩童變成少女。

尼爾伸出手。悠娜直線走過來。上次抱緊喚著「哥哥」撲到懷中的悠娜，是什麼時候的事？

尼爾把手伸得更長，想接住悠娜時，發生出乎意料的情況。悠娜並未撲到他懷中。尼爾瞪大眼睛。看了下空無一物的手掌，又看看悠娜。

悠娜從尼爾旁邊經過，走向前方。

「哥哥……」

悠娜呼喚的，是魔王。

「住手吧，哥哥。悠娜沒關係的。」

悠娜向身受重傷、狼狽地蹲在地上的魔王訴說。

「其他人的身體，我不需要。我不想要。」

尼爾明白了。此刻在說話的不是悠娜，是「魔王的妹妹」。

「這具身體裡面，已經有另一個女孩子。她一直在哭，說想要見到哥哥。」

是悠娜在哭。他一直在尋找的，無可取代的妹妹。

「這孩子好像也非常喜歡哥哥。跟悠娜一樣，見不到哥哥太可憐了。」

這時，「魔王的妹妹」終於望向尼爾。

「你就是哥哥？」

尼爾將劍收入劍鞘。他不想嚇到另一個悠娜，即使是「魔王的妹妹」。

魔王在嘶吼。他放聲吶喊，尼爾卻聽不懂。

「對啊，一起回去吧。」

尼爾輕輕伸手，另一個悠娜點頭。從她的表情來看，她很清楚這代表著什麼。

另一個悠娜邁步而出，朝著窗邊。窗簾隨風搖曳，她的小手抓住窗簾。

魔王再度嘶吼。他好像在拚命伸出手，卻動彈不得。應該是想阻止妹妹。就算語言不同，尼爾還是看得出來。

另一個悠娜轉過身。

「對不起，對不起，哥哥……對不起。」

窗簾揚起，光芒溢出，纖細的身軀冒出黑霧。

「對不起。哥……哥,最……喜歡……你……」

黑霧一瞬間化為人形,不過輪廓馬上就變得模糊不清,消散於空中。凱寧大叫道:

「附在你妹身上的魔物消失了!」

另一個悠娜。「魔王的妹妹」死在陽光下。魔王的哀號響徹四方。悠娜的身體緩緩倒下。尼爾伸手抱住她。瘦得嚇人,也輕得嚇人。

魔王的哀號仍在持續。他雙手撐在地上,跪地吶喊。魔力開始在魔王周圍捲起漩渦。與波波菈死前散發的氣息很像。那就危險了。現在艾米爾不在,他們沒有防禦的手段。

「凱寧!悠娜交給妳了!」

必須在魔力失控前阻止他。尼爾再度拔劍,這次一定要殺了他。

「我不會說『我理解你的痛苦』這種好聽話。」

魔王身體彎成弓形大叫著,他在痛哭。即使無法體會他的痛苦,他也能推測魔王的行動。

魔王緩緩起身。不久前他還一動也不能動,現在卻搖搖晃晃地走過來。發出紅光的雙眼看著尼爾。不對,是尼爾背後的悠娜。

尼爾和白書一同使用攻擊魔法,擊飛魔王。儘管如此,魔王依然站了起來。他咆哮著走向這邊。聽不懂他在說什麼。但他知道，悠娜被盯上了。尼爾搶走了魔王的妹妹，所以魔王也想從他身邊搶走悠娜。

魔力拳頭用力擊中魔王。

「我只是想守護同伴跟妹妹！」

魔王硬撐著站起來。腳都站不穩了，仍在往這邊走來。身體微微傾斜，往這邊走來。

「若有人危害我的同伴和妹妹……我會打倒他！」

再怎麼用魔法攻擊，魔王都屹立不搖。

魔王身旁的區域忽然變成其他顏色，是魔法陣。他展開了紅與黑色的魔法陣。背上那對應該已經斷掉的翅膀，發出刺耳的聲音展開。魔王拍擊扭曲的翅膀，飛到空中，彷彿在說「這麼高你就攻擊不到了吧」。

旁邊傳來陌生的吱嘎聲。

「小白!?你還好嗎!?」

不是聲音，是白書的呻吟。

「叩……無須……嘰叩叩叩……擔憂……」

「小白，你怪怪的！」

他一面閃躲從天而降的魔法彈，一面保護白書。

「咕咕咕……你……在做……什麼！都來到這裡了……不打倒他……咕嘰……成何體統統統統統！」

他知道這是竭盡全力的斥責。不過，光顧著反彈大量的魔法彈就分身乏術了，無暇轉守為攻。

糟糕，這樣下去……思及此的瞬間，白書綻放光芒。

「小白!?」

白書掉到地上。

「好痛……我似乎著了某個笨蛋的道，太亂來了。」

尼爾明白自己太過勉強白書了，他一直不太對勁。

「對不起，小白……對不起。我……」

「喂，別當真。我開玩笑的。」

白書再度飄起。

「讓開，別呆站在那邊。我還背負著最後的重責大任。」

「什麼東西……？」

白書沒有回答，移動到尼爾和魔王之間，與從他身上發出的光芒一同——

「我來阻止那傢伙的行動。」

光芒逐漸增強。回過神時，大量的魔法彈被吸了進去。

「剩下就交給你了。接下來是你一個人的戰鬥，好好加油啊。」

「……我不要。」

失去無可取代的夥伴，失去當成姊姊仰慕的兩人，他不想再失去白書。從這場漫長戰鬥的起點，一直和他共同行動的搭檔。

「我不要！我還想跟小白——」

「唉，你這種單純的地方……」

白書打斷尼爾說話。

「我很喜歡。」

他的語氣毫無悲壯感，一如往常。

「很開心。跟你在一起，真的很開心。」

我也是，尼爾心想。他們經常與危險相伴。對少年時期的他來說，白書真的是可靠的同伴。悠娜被帶走後，他旅行的動力只剩憤怒及憎恨，之所以能勉強保有人類的喜怒哀樂，是因為有白書陪在身邊。

「可是，我要在這跟你道別了。」

「小白！」

白書發出的光芒，變得更加強烈。

「對對對，有件事忘記說。」

在炫目的光芒中，白書微微搖晃。
「小白這個名字，其實我挺滿意的。」
尼爾意識到，最後一刻即將來臨，留不住白書了。
「……我知道。」
他強行提起嘴角，扯出笑容。不知道有沒有好好笑出來。
「哼，囂張的傢伙。」
他的語氣跟平常並無二異。跟在船上閒聊和在村裡或街上散步時一樣……再平凡不過，一點都不像遺言。
一陣讓人睜不開眼睛的強光後，白書解體了。四散的書頁化為奔流，襲向魔王。
魔王慘叫著摔在地上，尼爾覺得自己好像聽見白書在大叫「趁現在」。
他持劍躍向空中。
「我有要守護的東西！有活下去的意義！」
不是道具，這具身體不是靈魂的容器，而是要用來活下去的……
劍尖命中黑色身軀。與他殺過無數次的魔物如出一轍的觸感過後，傳來驚人的衝擊。黑翼崩解，周圍的魔法陣消失得不留痕跡。只剩下雙膝跪地，肩膀打顫的魔王，另一個尼爾。

尼爾直直揮下劍，鮮血噴出，黑色身軀化為塵埃消失。

10

呼喚過好幾次她的名字後，悠娜重新睜開眼睛。

「哥……哥？」

這次真的是悠娜。悠娜在凱寧懷裡坐起身，伸出手。尼爾輕輕扶起她。他再度心想，悠娜長高了。

「這是……悠娜的身體？」

悠娜大概是在為視線的高度感到困惑，納悶地望向下方，舉起手、抬起腳、歪過頭。

「沒錯。是只屬於妳的身體。」

不是供型態體使用的容器。那具身體的主人，是悠娜自己。

「哥哥？」

悠娜抬頭看著尼爾。

「哥哥長大了，好像大人。」

「嗯，在那之後，過了一些時間。」

悠娜被帶走五年，他很高興能用「一些」形容那段時間。

「悠娜一直在睡覺嗎？」

「是啊。」

「跟故事書裡的公主一樣。」

他抱緊高興地笑著的悠娜，奪回悠娜的真實感湧上心頭。尼爾仔細感受著連作夢都會夢見的這一刻。

他聽見微弱的腳步聲。抬頭一看，凱寧背對著這邊走向門口。

「凱寧？」

聽見他的呼喚，凱寧停下腳步。但她沒有回頭，背對著尼爾說：「和妹妹一起過著和平的日子吧。」

「凱寧呢？不介意的話，要不要跟我們……」

一起生活？他說不出這句邀請。凱寧以強硬的語氣打斷他說話。

「不了，我還有問題要去處理。」

「問題？」

「一點私事，保重。」

凱寧只是稍微回頭看了他一眼，便繼續走向前。她在介意自己是魔物附身嗎？事到如今，何必管那點小事？而且，禁止她出入村莊的迪瓦菈和波波菈已經不在了。

尼爾正想叫住凱寧，手臂被人用力拉了一下。

「哥哥，你看！」

悠娜指向窗外。

「好漂亮！」

窗外天氣晴朗，燦爛的陽光從萬里無雲的藍天灑落。

尋找悠娜的期間，尼爾不太喜歡藍天。陰天才是最適合狩獵魔物的天氣。降低效率的晴天令人煩躁，再加上魔王當時也是飛向藍天離去。

現在看見晴朗的天空，尼爾發自內心覺得很美。時隔多年，終於有辦法這麼認為。

尼爾暫時忘記凱寧的存在。他和悠娜入迷地看著窗外的景色。要不是因為背後的聲響告訴他有異狀發生，他說不定根本不會想起來。真是無情。

不過，他聽見聲音。呻吟聲，以及有東西掉在地上的聲音。尼爾急忙回頭，看見凱寧倒在那邊。

「凱寧！」

凱寧左半身顫抖著，雙手撐在地上，似乎是想站起來，手掌卻一直在地面上滑動。

「妳怎麼了!?」

尼爾衝過去抱起凱寧，她不停喘氣。

「魔物的……領域，在擴大。我很快……就會……失去控制。」

凱寧左半身的黑色紋路擴散開來，證明了這句話。跟她在石之神殿失控，變成魔物時的情況一樣。

「怎麼會……」

「聽我說！」

黑色紋路甚至蔓延到了臉部。

「艾米爾已經不在了。沒有手段可以阻止我……拜託你，在我……變成那樣前——」

凱寧的話說得斷斷續續，很難受的樣子。

「殺了……我。」

「我不要！」

他們打倒魔王了，奪回悠娜了。新的生活才正要開始，才正要開始啊。

「因為有凱寧在！」

尼爾握住變成深黑色的手。正因為艾米爾不在，才得由自己阻止。白書也不在了，如今凱寧是他僅存的夥伴。

「因為遇見了妳，才有現在的我！我絕對不會放棄！」
黑色紋路覆蓋全身。尼爾抱緊凱寧，大叫：「我一定會救妳！」
『有辦法可以救她。』
這時，他聽見聲音。
「是誰!?」
『沒時間了，仔細聽好。』
語氣急迫，聲音彷彿直接在腦中響起，也像從他碰觸到的紋路傳出的。
「難道你是凱寧的？」
『閉嘴，聽我說就對了！』
尼爾確信，對方是附在凱寧身上的魔物。
『有辦法可以救她。可是，對你而言應該會是艱難的抉擇。』
「無所謂！有辦法就快點說！」
『一個是把劍刺進凱寧的胸口。如她所願，讓她從痛苦中得到解脫。』
「另一個呢？」
『以你的存在為代價，讓凱寧變回人類。』
「做得到嗎!?」
讓凱寧變回人類。這種事做得到嗎？白書說過，沒有任何方法可以讓變成崩壞體的型態體恢復。跟黑文病沒辦法治療一樣。
『做得到。但你會從這個世界上消失。會被你的妹妹、朋友、其他所有的人，忘得一乾二淨。你和你存在過的證明，都會消失殆盡。』
什麼嘛，就這點小事。尼爾心想，那又如何？
他一直懷著必死的決心。不做好這樣的覺悟，這段旅程就走不下去。失去艾米爾，失去白書……尼爾體會到被拋下的辛酸。假如自己存在過的證明消失殆盡，任何人都不記得他，那也無妨。他反而希望她們忘記。這樣悠娜和凱寧就不會難過了。
「幫我讓凱寧變回人類。」
『毫不猶豫嗎？』
魔物的語氣帶著一絲驚訝，又帶著一絲笑意。
「你是附在凱寧身上的魔物吧？為什麼要救她？」
『你在好奇，我為什麼身為魔物卻想救她嗎？這個嘛。我是長年來一直折磨凱寧的元凶。不過……理由大概跟你一樣。我比較想知道——』
魔物的語氣轉為懷疑。
『這麼輕易地相信我，沒關係嗎？你不懷疑我？』
「嗯，我相信你。」

『為什麼？』

牠說牠是長年來一直折磨凱寧的魔物，應該不只是這樣才對。若牠只會帶來痛苦，凱寧何必在左半身纏上繃帶，遮住陽光？他不認為僅僅因為「渴望力量」這麼一個動機，有辦法跟魔物共存那麼多年。

凱寧和魔物之間，存在不能以利害關係說明的「某種關係」。或許。若是這樣的對象，相信牠也無妨。即使是魔物，那畢竟是凱寧願意與之同在的對象。

我相信你。尼爾又說了一遍。

「理由大概跟你一樣。」

NieR:RepliCant
ver.1.22474487139...
《型態計畫回想錄》
File02

解放之章

光芒溢出。閉著眼睛都能隔著眼皮感覺到，周圍一片明亮。睜開眼睛，陽光亮得刺眼。

凱寧慢慢坐起身，發現四周其實沒有想像中那麼亮。她只是因為突然張開眼，才會這麼覺得。

這裡是哪裡？

對了，以前也有過類似的事。自己曾經在天花板崩塌的建築物中醒來。沒錯，是圖書館。像剛才那樣張開眼……

不行，大腦無法正常思考。是不是用力撞到了？

她聽見細微的啪噠啪噠聲。是腳步聲。光腳走路的聲音。是誰呢？還沒回過頭，對方就主動跟她搭話。

「妳沒事吧？」

少女擔心地觀察她的臉色。是她認識的人。記得名字叫……凱寧努力用停止運轉的大腦絞盡腦汁。

「……悠娜？」

她好不容易想起少女的名字，卻想不起來自己為何認識這孩子。

「是妳救了我……對不對？」

救？救了悠娜嗎？為什麼？從誰手中？

救出了被魔王帶走的悠娜。對，這裡是魔王城。她打倒了魔王……應該。

凱寧掃了四周一眼，沒有魔物的氣息。不必擔心，魔王確實被打倒了，只是還沒有真實感而已。果然撞到頭了吧，記憶模糊不清的。

她記得的是大量的魔法彈、張開翅膀於空中飛翔的魔王，以及……

「沒受傷吧？」

悠娜搖搖頭。稚氣尚存的動作是多麼惹人憐愛。

「謝謝妳！」

不安的神情轉為笑容，如同盛開的花。可以體會為了這抹笑容，什麼都願意做的心情。

「……幸好妳沒事。」

原來如此，那傢伙也是這種心情──思及此的瞬間，凱寧有種置身於迷霧中心的感覺。

自己正在試圖想起誰？不對，連對象是「人」還是「物」都不清楚。愈是努力想起，記憶就愈模糊。

「妳怎麼了？」

悠娜再度擔心地窺探凱寧的臉。凱寧心想「嗯？」看起來……跟某人有點像。

「好不容易打倒魔王，妳好像一點都不開心耶。」

「是嗎？嗯，因為我不是會幫助人的個性。」

真可笑——凱寧發現沒聽見嘲諷她的聲音，為之愕然。過了這麼久，她才終於察覺。

看都不用看左半身一眼就知道。杜蘭不見了。總是在左手及左腳的繃帶下蠢蠢欲動的黑色觸感，消失得無影無蹤。

她之所以沒立刻意識到，是因為杜蘭的消失完全沒有帶來任何不適。連睡著的期間都在折磨她的異樣感及悶痛，如今通通感覺不到。如果反過來換成不適感，凱寧應該在醒來的瞬間就會發現。

杜蘭為何離開了？從這個地方的亮度來看，離開凱寧的身體，對杜蘭來說代表死亡。牠不是會自殺的魔物，也不是想趕就趕得走的傢伙。

不對，在那之前，杜蘭已經無法憑自身的意志離開。因為牠在凱寧體內待得太久了。

發生了什麼。恐怕是令人難以置信的事件，結果導致杜蘭消失了。可是，凱寧想不起來「發生了什麼」。只有打倒魔王前後的記憶是空白的。來到這裡後發生的事，同樣一堆都想不起來。之前的記憶也有像被侵蝕過的部分……

「是月之淚。好美！」

悠娜的聲音令她回過神來。悠娜撿起掉在地上的髮飾，讚嘆出聲。

傳說中能實現任何願望的花，月之淚。以前祖母在村外摘了月之淚，風乾後做成髮飾給她。這不是祖母為她做的髮飾。有點變形，不太美觀。但看得出做得很用心……

白花的輪廓突然扭曲，透明水滴落在花瓣上。

「妳在哭嗎？」

「好像是……為什麼？」

想不起來，淚水卻止不住。關於髮飾的記憶明明全都消失了，唯有凱寧的雙眼還記得。

「有種收到了……非常珍貴的東西的感覺。非常珍貴的，什麼東西……」

凱寧感到強烈的不安。感覺收到了什麼，卻又失去了什麼。從被魔物附身的身體得到了解放，卻有其他東西束縛住自己……

凱寧站起身。有點站不穩，不過沒受傷。

「怎麼了？」

仔細一看，悠娜臉上也帶著一絲不安。難道她身上也發生了異狀？凱寧本想詢問她，最後決定作罷。她不想害悠娜更不安，不能讓這孩子露出這種表情。

凱寧輕輕牽起悠娜的手。

「回去吧。」

先送悠娜回家。必須這麼做，因為那是自己受到託付的事。

平安送她回家後，再親自去尋找吧。雖然她不知道要去往何方，也不知道要尋找何物。

不得不去。而且要盡快。**趁還來得及的時候**。

凱寧握緊悠娜的小手，邁步而出。

〔報告書 XX〕

由於管理地區＊＊＊＊發生了人造人失控事故，原生型態「尼爾」及融合程式啟動裝置「白書」、「黑書」消滅，導致型態計畫無法執行。

該地區的迪瓦菈·波波菈型人造人失控的原因不明。推測是程式故障，抑或初期缺陷，其他同型機體也可能發生同樣的現象。今後，迪瓦菈·波波菈型人造人將全數停止活動，加以觀察，等待處分。

此外，該地區的人工生命體暫時沒有廢棄的計畫。至於其他地區，預計觀察崩壞體的增加情況，同時避免積極干涉。關於重新制定型態計畫的可能性，記錄於附件。完畢。

（記錄者·迪瓦菈）

NieR:RepliCant
ver.1.22474487139...
《型態計畫回想錄》
File02

重生之章

1

她聽見有人在呼喚自己。光芒隨著＊＊＊＊的聲音灑落。

「不可以放棄！要活下去！」

活下……去……？叫我活下去……？

「絕對不能放棄！」

這個聲音。我為何會覺得懷念？

一股溫暖正在接近。感覺非常舒服，讓人想觸碰看看，凱寧下意識伸出手。她聽見有人在說「唉……真是個麻煩的女人」。是那本會說話的書──浮現這個想法的瞬間……一切都消失了。

又作了那個夢。

醒得很突然。作那個夢的時候總是這樣。凱寧撫摸臉頰，是溼的，她哭了，理由不明。不，是因為作了悲傷的夢，她明白。但那是什麼樣的夢、有多麼悲傷，她不明白。想不起來。只知道是無法抵抗的痛苦及悲傷侵襲而來的夢。

她坐了起來，環顧四周。是毫無變化的家。一把劍放在觸手可及的地方，另一把則擱在旁邊。是她以前愛用的雙劍，後者劍身從中間斷成兩半，在與魔王的激戰中弄斷的……大概。這件事她也想不太起來。
還有杖。打倒魔王回去的途中掉在路上的遺物。
「艾米爾……」
他挺身守護了同伴……噢，這段記憶也模糊不清。可以確定自己受到同伴的保護，撿回一條命，但為何記憶如此模糊？
救出悠娜這名少女的那一天，她也不知不覺哭了出來。淚水沒來由地奪眶而出。
為什麼？我為什麼要哭？
三年來，凱寧一直在尋找這個問題的答案。
去殺魔物好了。她喃喃自語，拿起劍。走出家門抬頭一看，頭上是蔚藍的天空。被岩壁圍繞的這塊地區，只看得見彷彿被裁切出來的一小塊天空。可是，今天吹的是乾燥的風。半天內應該都會是晴天。是最適合狩獵魔物的天氣。這種天氣會出沒的，只有裝備鎧甲的強大魔物，碰不到畏懼陽光的小嘍囉。
作了那個夢之後，就是要去狩獵魔物，而且還是必須專心應戰的強大魔物。至少不能在家磨磨蹭蹭。待在家會影響心情，會迫使她思考，我是不是忘了什麼重要的事？

例如，祖母去世後一直附在左半身的魔物杜蘭消失的原因。杜蘭確實存在過。她還記得左半身的異樣感、不適感及陣陣悶痛。可是，杜蘭說的話有好幾句想不起來。牠消失前似乎說了什麼嚴肅的話，凱寧卻只記得刺耳的笑聲。

還有在魔王城中，她好像踹了誰一腳，抓住對方的領口，但她無法確定真的發生過這件事，還是露宿在外時作的夢。

不只這樣。帶悠娜逃出魔王城的時候，她們經過有好幾具面具士兵屍體的地方。她不想嚇到悠娜，快步走了過去，不過看見其中一具屍體的瞬間，凱寧的胸口緊緊揪起。搞不好是因為那具屍體跟其他屍體不同，面具快要從臉上掉落，凱寧不小心看見了底下的臉。不對，這麼點原因會讓她產生那種心情嗎？不知道。

這些謎團，三年過後仍未解開。若能乾脆忘記一切，倒還比較輕鬆，無奈事與願違。腦中瀰漫著一層薄霧的感覺，以及作過無數次的夢，過了三年依然鮮明。記憶不是會隨著時間淡去嗎？

想要想起來，卻想不起來的記憶。想要遺忘，卻忘不掉的記憶。兩者至今仍舊纏著凱寧不放……

出乎意料的是，凱寧來到北方平原時，並未看見魔物。沒有小嘍囉很正常，連穿鎧甲的魔物都沒出現。

算了，總會有這種日子。魔物沒道理也沒義務要乖乖出來。

「去破壞那些機器好了。」

廢鐵山不論什麼天氣都有機器在徘徊。順便撿些材料賣給武器店的話，還能賺點錢。

杜蘭消失後，異於常人的恢復力及治癒力都不復存在。此外，魔法也變得無法使用。失去了遠距離攻擊手段，萬一又捲入爆炸中，搞不好會當場死亡，以現在的身體進入廢鐵山相當危險。可是能從機器身上採集到的材料很值錢，只要一擊破壞要害，再迅速拉開距離，就不會有太大的危險。

我為什麼會知道這個做法？是誰教的？

腦海中再度浮現迷霧。最關鍵的資訊缺了一塊，消失於霧中。

「天殺的！」

凱寧用力砸碎木箱。不知不覺間，她來到廢鐵山前面的鐵橋。只要沒有魔物，在北方平原移動起來挺快的。

她爬上梯子，越過木箱，再爬上梯子。麻煩歸麻煩，也沒有其他路可走。過了鐵橋，鐵絲網門映入眼簾，今天卻跟平常不太一樣。

「告示？」

上面用潦草的文字寫著「關店通知」。

『發現廢鐵山製造的防衛機器人逐年增加。前方危險，禁止進入。

廢鐵山的武器店』

鐵絲網門鎖著。

「進不去嗎？白跑一趟了。」

那名店長是不是也搬到其他地方了？每次去的時候，他的眼神都會變得更詭異，上次找他收購材料時，還突然發出怪聲……

看來今天注定不走運。凱寧前往北方平原的碼頭，得知沒辦法搭船。

「抱歉，水路也被魔物破壞了。」

船長正在保養停靠於碼頭的船，板著臉說道。

「連水路都開始出現魔物了嗎……」

「對啊，現在也沒有多餘的人力派去整修水路。我知道很麻煩，不過可以請妳經由陸路移動嗎？」

水路和陸路不同，照理說不會有魔物出現，所以坐在船上即可抵達目的地。那傢伙曾經笑著說過，找不到這麼輕鬆的移動方式……那傢伙？那傢伙……是誰？

「喂，妳不要緊吧？」

船長擔心地看著她，凱寧回過神來。

「嗯，謝謝。」

她簡短回答，急忙離去。

不是只有壞事。從碼頭回到北方平原時，魔物開始出沒。剛才似乎只是碰巧躲起來了。出現的都是強大的魔物，果真是晴天。

凱寧一口氣拉近距離刺出劍，砍向魔物的腳，若能順利砍倒牠們，就將牠們切成碎屑。失敗的話先行拉開距離，再用劍突刺。

儘管變得無法使用魔法，身體還記得她學會的劍技。肌力也優於常人，或許是藉由每天的戰鬥鍛鍊出來的。杜蘭不在，也不影響她狩獵魔物。

凱寧殺了視線範圍內的所有魔物。魔物發出奇妙的聲音，化為黑色塵埃消失。這麼說來，救悠娜的時候，她也殺了一堆魔物。

可是……她總覺得魔物不全是壞的。奇怪。她為什麼會知道這種事？

機器人與小小的魔物、石像、狼，沒來由地浮現腦海。

僅此而已。凱寧不斷砍殺魔物，以驅散揮之不去的不適感。

凱寧心血來潮，前往悠娜的村子。面向北方平原的村子，容易遭到魔物的襲擊。就算不論這一點，魔物的數量也一直在增加。

因為她打倒了魔王。這也是她只想得起片段的記憶之一。她記得「型態計畫」因為魔王被打倒的關係宣告失敗，失去國王的魔物接連迷失自我，開始無差別地攻擊人工生命體……也就是人類。為了救出悠娜這名少女，付出了龐大的犧牲。

不惜做到這個地步也要拯救的少女，她不可能不關心。不對，即使沒做到這個地步，她還是得關心悠娜。雖然不記得原因，凱寧有種受到人託付的感覺。

她一面狩獵魔物，一面穿過北方平原，來到悠娜的村子，站在北門外面觀察情況。

「看來沒事……」

沒聽見慘叫聲，也沒冒出黑煙。村裡傳來孩童的嬉戲聲。可是，悠娜不在那些孩子之中。她沒辦法去室外奔跑。因為悠娜身體虛弱……不，是因為她得了黑文病。

幸好親切的村民好像會輪流照顧她。不知為何，他們說「有種必須報恩的感覺」，勤奮地帶食物給悠娜，還會送花給她。

不過，對罹患黑文病，時間所剩無幾的小孩冷漠以待，會令人良心不安。說不定不想事後覺得有罪惡感，才是他們的真心話。

總而言之，從村子的情況看來，無須擔憂。凱寧直接轉身離去。不能穿著沾滿魔物血腥味的衣服見悠娜。不想讓悠娜想起魔王的事，害她受到驚嚇。

離開村子時，她遇見遭到魔物襲擊的衛兵。應該是悠娜住的村子的衛兵。少一個衛兵就會影響村子的安全。凱寧判斷必須排除魔物，立刻加入戰局。

「喂，那邊的女人！危險啊！」

「先擔心你自己吧！」

有幾隻戴斗笠的小型魔物。那麼小隻卻會動來動去，相當煩人。還有四、五隻手拿棍棒、身穿鎧甲，跟成人差不多高的魔物。這些傢伙防禦力高，攻擊力也高。衛兵說「危險」的是這個吧。

像今天這種大晴天，假如被多數魔物包圍，得先卸除牠們的斗笠或鎧甲。無論牠們的動作再敏捷、攻擊力再高，一旦少了遮蔽陽光的斗笠或鎧甲，魔物立刻就會變弱。

用不著多少時間，凱寧就將其掃蕩乾淨。

「謝謝，得救了。」

衛兵鬆了口氣，向凱寧道謝。仔細一看，是位年輕的士兵。大概還沒什麼經驗。

「這一帶魔物變多了，很危險。快回去。」

雖說是衛兵，最近的衛兵也只比外行人好一些。死在魔物手下的士兵也不計其數，供不應求。新來的士兵應該對付不了這一帶的魔物。

「我也想……但我有工作要做。」
「工作？」
「已經一個月聯絡不上神話森林的居民了，得有人去看看情況……」
這裡離神話森林有段距離，重點是魔物還會出現，而且衛兵也受傷了。右手的袖子裂開一大半，血流不止。慣用手受傷足以致命。
「看你傷成那樣，有困難吧。我去幫你看看。」
「咦？可以嗎？」
衛兵自己似乎也覺得太勉強，高興地說：
「謝謝妳。對了，不介意的話，這給妳用。」
她接過衛兵遞出的小皮袋，裡面裝的是藥草。凱寧決定不跟他客氣，藥草有多少都不嫌多。
「我在這裡等妳，不好意思，麻煩了。」
凱寧回答「知道了」，跑向神話森林。

2

聽說神話森林的居民健談又親切。凱寧心想，跟自己正好相反。

這不是原因，不過即使知道神話森林的位置，她也沒進去過。凱寧所知的範圍只到石門前面。神話森林總是被薄霧籠罩，幾乎看不見裡面的情況。

她站在石門前面，有種強烈的既視感。她來過這裡。靠在石門上等待某人。而且等了好一段時間。還有顏色異常鮮豔的樹果。味道不錯，所以她要了更多，結果換來對方傻眼的表情……

那是誰？她在等誰？誰給她樹果的？

「可惡，又來了……」

想不起來，好噁心。

凱寧嘖了一聲，邁步而出。是在這種地方浪費時間的自己不好。趕快把事情處理完，回去吧。

一踏進森林，馬上就看見郵筒。若是不久前，應該不至於一個月都聯絡不上，因為郵差會來收信。如今則因為魔物凶暴化的關係，郵差從海岸鎮出來送信的頻率也大幅降低。

「真安靜。」

周圍安靜到這句話脫口而出。今天也薄霧瀰漫，看不清楚村子深處的情況。

「喂，有人在嗎？」

她集中精神。既然這裡的居民都很健談，理應會聽見一、兩句說話聲。可是，凱寧只聽見自己的腳步聲。不對，聽見了。除此之外的聲音。

「機器的聲音？」

與廢鐵山的機器運轉聲類似，她走向聲音的來源，幸好只隔了短短幾步。才走了這麼點距離，她就明白安靜的原因。

村民倒在地上。凱寧衝過去查看，已經沒呼吸了，而且還不只一、兩個人，沿路有好幾具屍體。每個人都朝著凱寧的方向，也就是石門的方向倒地。他們是在想逃出村子時慘遭殺害的。

走了一段路，屍體的方向變得各不相同，意即這附近的居民來不及逃走就被殺了。

凱寧起身拿好劍。好幾臺機器人在接近這邊。狀似裝了金屬手臂的箱子的可動式機器，與廢鐵山的機器同型。

「機器為什麼會在這種地方？」

這裡離廢鐵山有段距離，中間隔著高山及河流。這些機器到底怎麼來到神話森離的？

不過，凱寧沒有時間繼續思考。機器開始發動攻擊，但它們的動作和強度都與廢鐵山的機器無異。而且直到剛才，凱寧都還打算去砸爛廢鐵山的機器。

「這樣就……如我所願了！」

她將劍刺進裝甲的縫隙間。機器突然往旁邊傾斜，停止動作。凱寧向後一躍。爆炸將附近的機器也牽連進去。

她跳到旁邊，攻擊另一臺機器。等到其他機器聚集而來，才把劍刺入。一起炸掉比較有效率，這樣劍就不會沾到油。

本以為已經將敵人掃蕩乾淨，卻出現另一批機器。

「還有嗎！」

等好幾臺機器湊在一起，再讓附近那臺爆炸。凱寧重複這樣的做法。幸好地面不會滑。對凱寧來說，在這裡戰鬥比廢鐵山順手多了。相對的，機器的動作則很緩慢。在腳下到處都是樹根的森林裡移動，想必很不方便。

將機器全部變成廢鐵後，森林再度回歸靜寂。豎起耳朵也聽不見機器的聲音。是不是該離開了？機器大多破壞掉了，看這情況肯定不會有半個倖存者。

儘管如此，凱寧依然試著向深處前進，是因為她覺得說不定會有人藏在某處，躲過機器的攻勢。儘管可能性趨近於零。

她緩緩前進，盡量避免發出腳步聲。剛才的機器是在凱寧大聲呼喊後才出現的。搞不好它們會偵測到人類的氣息襲擊而來。

不久後，她在前方看見一棵巨樹。粗大的樹幹纏繞成詭異的形狀，實在稱不上好看。是棵有年紀的樹。頭都抬到脖子會痛了，還是看不見樹梢在哪裡。

看來這裡就是村莊的盡頭。巨樹的樹幹擋住道路，無法繼續前進。凱寧正想折返，發現一件事。倒在地上的村民動了。本以為是屍體，結果是倖存者。她連忙跑過去將他抱起來。

「振作點。」

她在那名村人耳邊呼喚，對方微微睜開眼睛。

「突然有，機器……從神樹……出……」

「神樹？那是什麼？」

凱寧回問，卻沒聽見回應。村民斷氣了。她將那人的身體放到地上，站起來。

村民大概是想說有機器從神樹出現。這座森林中，說到「神樹」只可能是那棵樹。

凱寧發現巨樹的樹幹上有個大洞。洞這種東西，古老的樹木都會有，因此她剛才並未放在心上，不過如果機器是從那裡出現，就另當別論了。的確，那個洞的大小可供箱型機器輕鬆通過。

走近一看，有股淡淡的機油味。而且這個洞似乎比想像中還深。凱寧探頭窺探洞內，嚇了一跳。空間非常大。

她踏進洞穴，裡面是平緩的下坡。為何樹幹裡面會有這種地方？這條路連接著廢鐵山嗎？

好安靜，聽不見機器的聲音。她走向深處。路很寬，上下左右都是糾纏在一起的樹根。不像人為，但也不像天然形成的。

樹木的草味、土壤的氣味、機油味、橡膠味混在一起，還有她從未聞過的怪味。

滿地都是金屬片及機器零件，還有看不出本來是什麼東西的殘骸。看著看著，凱寧察覺到洞穴內部並非完全無光，亮度足以看清金屬片。

凱寧停下腳步，側耳傾聽。是機器的聲音。將身體靠到路旁，觀察情況。機器聲在接近。靜觀其變。看見箱型機器特有的並排的兩盞燈。

她將機器引到不能再近的距離，一擊將其破壞。急忙離開，全速狂奔。機器於身後爆炸。幸好只有一臺。要是在這條狹窄的通道上遭到複數箱型機器襲擊，肯定會被爆炸波及。

看來最好趁撞見大群機器前回頭，雖然她也不是完全不想知道這條路通往何處……

就在這時。

「歡迎來到人類之海。」

是少年的聲音。凱寧東張西望，沒看見人影。明明聲音感覺來自非常近的地方。

「歡迎來到罪罰的墓地。」

這次是少女的聲音，附近還是沒人。

「妳是……人工生命體。」

「……被創造出來的存在。」

凱寧拿起劍，定睛凝視黑暗。少年及少女的聲音感覺近在身旁，又彷彿是從道路深處傳來。

「是誰!?在哪裡!?」

道路反射凱寧的聲音。少年及少女的聲音不會像這樣產生回音。他們究竟在哪裡說話？

「個體名為……凱寧。」

「個體名為……凱寧。」

凱寧瞪大眼睛。他們為何知道自己的名字？

「冷靜點。」

「不要急。」

聲音果然是來自深處。凱寧衝向前。

「很快就會見面。」

「很快就會見面。」

她邊跑邊想，那兩個傢伙真噁心。腳步聲突然產生變化，腳底傳來踩到硬物的觸感。地上本來只有纏繞在一起的樹根，現在多出好幾條黑色藤蔓，類似能在廢鐵山採集到的電纜。只不過，廢鐵山的電纜是斷掉的，長度偏短，這裡的則很長。

這也是機器的零件嗎？這時，凱寧再度聽見少年少女的聲音。本以為他們要回答自己的問題，結果並不是。

「這是仿造植物構成的綜合情報管理資料庫。」

「將現象記錄、傳送至記憶單位。」

凱寧心想，莫名其妙的廢話。一點屁用都沒有。

「當然也有觀測到妳的情報。」

「妳……妨礙了型態計畫。」

「由於妳殺掉了原生型態，無處可去的型態體全數失去控制。」

「導致大量的人工生命體犧牲。」

這個說法使她莫名火大。有種被毛都還沒長齊的臭小鬼瞧不起的感覺，觸怒了凱寧。

「快給我滾出來！」

腳步聲又有變化了，腳下全是金屬片。

「不用急，很快就會見面。」

「很快就會見面。」

凱寧踩在金屬片上狂奔，尖銳的聲音令人心煩。金屬片再度變成黑色藤蔓，不過，黑色藤蔓沒有纏上樹根，而是互相纏繞。有粗大的藤蔓，也有細小的藤蔓。

視野突然開闊起來。地面變成圓形，跟廢鐵山有點像。地上、牆上、天花板上布滿黑色藤蔓、綠色藤蔓、金屬色藤蔓、粗大藤蔓、細小藤蔓。奇怪的地方。

地上的藤蔓動了。凱寧迅速跳開。藤蔓蠕動著隆起，分裂成兩塊，高度跟小孩子差不多。接著化為少年少女的模樣。

「嗨，妳來啦。」

「嗨，妳竟然來了。」

剛才的聲音就是這兩個傢伙嗎？上半身是少年少女外型的人類，下半身卻是集結成束的黑色及綠色的藤蔓。並非生物。

「我們是……」

沒等他們說完，凱寧就衝上前砍下去。若這東西是人類，腦袋肯定會飛出去。但他們不是人類。少年少女的上半身爆炸，碎片四散，散發金屬及油的氣味。

「妳真有精神。」

「這樣無法對話。」

她回頭望向聲音的來源，看見理應已經碎裂的少年少女。打從一開始，她就沒有跟他們對話的意思。殺掉這些傢伙，不必浪費唇舌。她是這麼想的。

「那就戰鬥吧。」

「那就戰鬥吧。」

少年少女恢復成黑色及綠色的藤蔓，藤蔓再次聚集起來。比少年少女的狀態更加粗大的藤蔓及金屬棒聚在一起，而且十分大量。眨眼過後，出現在面前的是一臺巨大機器人。

機器人抬起歪七扭八的腿部用力跺地，地面晃得讓人站都站不穩。不久後，震動化為衝擊波襲向凱寧。她跳到空中閃躲，一隻手臂在她降落時揮來，用金屬棒拼接在一起的醜陋手臂。

「我是＊＊＊＊＊。」

「我是＊＊＊＊＊。」

少年少女好像在自我介紹，凱寧卻聽不見，也不打算聽。她閃掉衝擊波，砍向機器人的腳。

瞄準腿部打倒它吧——艾米爾的聲音浮現腦海。想起來了，他們之前在廢鐵山和巨大機器人戰鬥過。沒錯，將劍刺進腿部的連接處，阻止它的動作。凱寧照著這段記憶嘗試攻擊。

機器人的動作變慢了一瞬間，但也只有這樣而已。看來眼前的敵人外型雖然是機器人，構造及弱點卻不一樣。

「我們是管理者。」

「這座森林的管理者。」

凱寧置若罔聞，少年少女的聲音卻沒有停止。自顧自地說話的聲音實在很煩。

「我們一直在看。」

「我們一直在聽。」

「不斷重複的容器的故事。」

「不斷重複的世界的聲音。」

假機器人動作很快。凱寧無法只瞄準腿部攻擊，便朝它亂砍一通。

「妳會讓我們看見什麼？」

「讓我們見識妳的可能性吧？」

講什麼鬼話？閉嘴！吵死了！

凱寧想對他們怒吼，最後決定克制。張開嘴巴可能會咬到舌頭。

「讓我們好好享受。」

「讓我們好好享受。」

他們一副準備看好戲的態度，聽了就火大。

「兩個死小鬼！」

到。

凱寧將怒氣發洩於劍上，砸向假機器人。跳起來，敲碎它的頭部……可惜辦不到。

再次揮劍，不停揮劍。組合在一起的金屬棒變形，冒出火花。假機器人的動作開始變僵硬。

她閃過以不自然的動作揮下的手臂，由下往上砍。假機器人身體嚴重傾斜，有股燒焦味。

「消失吧！」

全力的突刺。經過一陣不規則的搖晃，假機器人爆炸了。其實她很想把那兩個囂張的小鬼也一起炸掉，讓他們再也說不出「讓我們好好享受」這種鬼話。

假機器人變成廢鐵後，黑色與綠色的藤蔓又開始蠕動，構成少年少女的形狀。

「妳真的很有趣。」

「妳真的很符合期待。」

小鬼跩什麼跩，真不爽。不過，凱寧還來不及動手，少年少女就消失了。

「來這邊。」

「來這邊。」

他們背後的牆壁崩塌，出現通往深處的道路。

如我所願。現在就過去，過去殺了你們！

凱寧走進通道，裡面的氣味與廢鐵山相似。討厭的地方。現在她很能體會全身的毛都豎起來的貓是什麼心情……這時，她發現自己在廢鐵山也有過一模一樣的想法。可是，前後的記憶有斷層。

路上到處都是花。花朵及枝葉都白得異常，一點都不漂亮。

又來到一個開闊的場所，少年少女站在那邊。

地上的灰色藤蔓扭動著。凱寧感覺到有東西即將出現，進入備戰狀態。分散在好幾個地方的藤蔓逐漸聚集，想必會出現大量的敵人。真無聊，她開始覺得膩了。

「妳很強，我們拿妳的力量做為樣本。」

聚在一起的灰色藤蔓變成人形，是女人。

「我們重現了妳旅行時最強的狀態。」

雙手各拿著一把劍。

「這是……我!?」

她很想說一點都不像，不過令人憤怒的是，還真有幾分相似。

「這是用機械做成的妳的模型。」

「利用魔素結合以植物為基礎的微小驅動裝置。」

手拿雙劍的「模型」一同襲向凱寧，動作快到假機器人完全比不上。被包圍就糟了。凱寧飛奔而出，拉開距離。頂多只能一次對付兩隻。

「跟這座森林一樣。」

「這座巨大的記憶森林，融合了量子力學與魔素研究的成果，記錄著世上的一切。」

「鬼才聽得懂！閉嘴！給我閉嘴！」

自己的「模型」看到就火大。自己戰鬥的模樣八成就是如此，雖然她看不見。而這使她更加憤怒。

「沒必要理解。」

「因為妳熱愛殺戮……對吧？」

凱寧的橫砍砍飛了「模型」的上半身。

「真脆弱，我可沒這麼弱！」

砸爛頭部，「模型」倒下。然而，這並不是結束。「模型」的殘骸像融化似地消失，出現一具新的「模型」。

「破壞再多妳的複製品都沒用。」

「因為遭到破壞後，它們會分解、重組。」

閉嘴！閉嘴！閉嘴！

「還能繼續享受。」

「終於要結束了。」

再怎麼走再怎麼跳，仍然大氣都不喘一下的「模型」，惹怒了凱寧。

「吵死了！看我拆了你們，捏爆你們的蛋！」

聲音沙啞，她為氣喘吁吁的自己感到不甘。

「要結束了嗎？」

「撐不住了嗎？」

凱寧直接被踢中，摔在地上。她坐起上半身，卻沒辦法立刻站起來。下一腳迎面而來，凱寧翻滾著閃開。

「真可惜……」

「真可惜……」

被包圍了，逃不掉。

「混帳東西……！」

到此為止了。凱寧咬緊牙關，閉上眼。

「喝啊！」

她睜大眼睛，聽見令人不敢置信的聲音。

「凱寧姊，妳沒事吧？」

純白的魔法陣映入眼簾，展開它的是太過懷念的……

「艾米爾……」

「是的。」

回答她的聲音不是幽靈，也不是什麼複製品，是真正的艾米爾。

「我先想辦法處理這個。嘿——！」

這個吆喝聲。是艾米爾沒錯。魔法陣對面的大群「模型」一口氣被轟散。

「幸好妳平安無事！」

艾米爾伸出手，他的手不知為何增加成四隻。凱寧猶豫了一瞬間，思考要抓住哪隻手，最後覺得哪隻都無所謂，抓住艾米爾的手站起來。儘管變成了四隻，摸起來確實是艾米爾的手。

原來你還活著。這三年間你跑去哪了？那四隻手是怎麼回事？凱寧想問清楚，卻沒那個時間。新一批「模型」出現了。

「我從那裡感覺到強大的魔力，大概是能量來源。」

艾米爾指向在深處的牆邊展開的魔法陣。

「只要把它破壞掉，凱寧姊應該也會消失！」

「好。」

「我來破壞魔法陣，凱寧姊請去破壞那些凱寧姊。啊，剛才說的破壞凱寧姊，不是破壞真正的凱寧姊的意思……」

「我知道。專心！」

溫暖的笑意湧上心頭。明明她依舊精疲力竭，「模型」們也毫不留情地發動攻勢。

不過，有艾米爾在。這件事給予了疲憊不堪的四肢力量。凱寧再度飛奔而出。不停跑著，不停砍著。身體忽然變輕。艾米爾幫她施展了回復魔法。

「七號……人類製造的實驗兵器。」

「吸收六號的魔力，超越人類極限的存在。」

又聽見那兩個臭小鬼的聲音，朝魔法陣釋放魔力的艾米爾納悶地問：

「那些人……是誰呀？」

「狗屎。」

其實她覺得連狗屎都不如，但她不知道該用什麼來譬喻。

「好久沒有像這樣一起戰鬥了！」

艾米爾大聲說道。她正想回答「是啊」，發現一件事。這種感覺，她有印象……

戰鬥的記憶重新浮現。讓艾米爾負責支援，殺向敵人時，旁邊一定會有其他人在。她在跟其他人並肩作戰。跟另一個人……另一個人？

「觀測到特殊的現象震動。」

「在她身上偵測到特異點徵兆。」

「真有趣。」

「她真的很有趣。」

吵死了！閉嘴！少礙事！就快了，記憶就快要……

「凱寧姊，妳還好嗎!?」

她的動作似乎在不知不覺間停下了。凱寧回答「我沒事」，專心破壞眼前的「模型」。這時，「模型」突然消失不見。

「凱寧姊！成功了！」

艾米爾順利破壞了魔法陣。仔細一看，魔法陣消失的地方有個洞，是新的道路。

走進其中，景色跟之前截然不同。沒有藤蔓、金屬棒那些東西，地面彷彿是用大小及高度各異的箱子胡亂排成的。

「那是……門嗎？」

道路的盡頭如同堆在一起的積木。以門來說形狀有點詭異，但至少不是牆壁。

那對少年少女又出現在面前。

「失去的東西就在前方。」

「妳取回的最後的希望。」

他們留下可疑萬分的話語後就消失了。

「凱寧姊……」

她對略顯困惑的艾米爾點頭。

「我不會回頭。要為這一切……做個了斷。」

凱寧打開門。

3

白色。門後是白色天空與白色構造物構成的白色空間。

「這、這裡是怎麼回事……」

「別問我。」

她試著觀察四周，莫名其妙的地方。

「看起來……沒有敵人。」

眼前是座純白色的橋，長到看不見盡頭在哪裡。總之，目的地決定了。這座橋對面。

「艾米爾，剛才因為情況太混亂，我沒時間問你。」

凱寧在過橋的途中，詢問她迫切想知道的情報。

「在那之後，到底發生了什麼事？你跑去哪裡了？這段期間你都在做什麼？還有，為什麼……你有四隻手？」

「凱寧姊，我沒辦法一次回答這麼多問題啦！」

「……我明白。」

她自己也覺得問太多了。可是，她克制不住。

「……我很擔心。」

看見掉在地上的杖，她以為艾米爾死了。被捲入**那起失控事件**，不可能還活著。

「不過，我們又見面了。」

「嗯，是啊。」

又能見到你，太好了。又能見到你，很高興。每走一步，這樣的心情就更加強烈。艾米爾在身邊。飄在有點高的地方。這件事讓她高興得快要喜極而泣。

「凱寧姊，我……」

艾米爾支支吾吾地說。看他如此猶豫不決，凱寧開口催促。

「怎麼了？」

「我覺得自己好像忘了重要的事。」

「你也是嗎？」

凱寧姊也是？艾米爾驚呼出聲。不是錯覺，不是只有自己。凱寧感到既驚訝又放心。

「不知道為什麼，腦子裡好像罩著一層霧……」

「我也是！只不過……」

「只不過？」

「我好像跟人做了約定，約好……要去吃好吃的東西。」

凱寧忍不住笑出來，很符合艾米爾的個性。

「那得找回它才行。」

「嗯！」

她跟艾米爾一同在漫長的橋上行走。不知何時抵達了盡頭。什麼時候到的？凱寧剛開口就吃了一驚，脫口而出的是另一句話。

「魔王城……」

是剛從石之神殿進來後會看見的那座庭園。但這裡沒有顏色。地上鋪著石子的小徑、樹木、花草，全是純白的，而且沒有小鳥。那兩隻要人說出暗號的小鳥……暗號？什麼暗號？

「這裡是哪裡呀？」

「不清楚。」

前方直接通往走廊，沒有那扇設置於庭園底部的門。走廊盡頭是熟悉的門扉。

「我感覺到……前面有股強大的魔力。」
記得在魔王城裡面，連接庭園的走廊前方，有那兩個叛徒祭司在。
「艾米爾，別勉強。千萬不要。」
「我知道。」
艾米爾點頭。
「凱寧姊也是喔？」
凱寧點頭回應。很明顯，他們在想的都一樣。
「……因為，我不想再孤孤單單的了。」
她用力點頭，推開門。既然是魔王城，門後應該是中庭才對。然而事實並非如此。是與魔王交戰的地方。
「這裡是特別的地方。」
「對妳來說是，對世界來說亦然。」
又是那個聲音。這次要砍什麼？要把什麼東西大卸八塊，這些傢伙才會閉嘴？
「那裡……感覺得到強大的魔力。」
艾米爾說的地方有個大箱子。彷彿精準測量過尺寸的正方形箱子，飄在空中，散發微光，微微搖晃。凱寧感覺不到魔力，但她看得出那個箱子很可疑。
「那東西一定就是元凶。破壞掉吧！」

用不著艾米爾說，凱寧衝上前。她本能地覺得，最好把它破壞掉。

「那裡是這座森林的框架，保存著各式各樣的情報。」

「世界的一切，以及妳失去的記憶都存在於此。」

「記憶……不如說是『世界』。」

「無論如何，那應該就是妳必須尋求的答案。」

凱寧嚷嚷著「吵死了」揮下劍。破壞。破壞。總之破壞掉就對了。攻擊到它壞掉為止……在她如此心想的瞬間，被彈開了。

『你不可以擅自決定她死了比較好。』

是不同於少年少女的聲音。她聽過的聲音。

「這個聲音……跟夢中的一樣。」

「我好像聽過……」

艾米爾也聽過。這個聲音。凱寧重新握緊劍，接近箱子。令人驚訝的是，箱子用了攻擊魔法。跟魔王一樣的魔法。

「這是你們的記憶。」

「反覆上演過無數次的記憶。」

「反覆出現過無數次的記憶。」

她無視那些聲音奔跑著。閃過攻擊魔法，跳向正方形箱子。拿劍刺進去，再度被彈飛。

『因為有凱寧在！因為遇見了妳，才有現在的我！』

跟夢中的聲音不一樣。但她聽過。聽過這個聲音。她知道，是夢裡那個人的聲音。

「難受嗎？」

「痛苦嗎？」

少年少女的聲音點燃怒火。凱寧迫切地想要一把能夠粉碎聲音的劍。她站起來，再度衝上前。必須破壞那個箱子。世界什麼的她才不管，要將它破壞掉。即使世界會毀滅，還是要破壞掉。

凱寧直線衝向箱子。攻擊無法直接命中，她卻毫不在意。

「壞掉吧……！」

全力的一擊。劍與箱子碰撞的瞬間，整隻手臂都麻掉了。箱子裂開，光芒迸發，眼前一片純白。

片刻過後，視野恢復正常。

「這裡是……？」

視野雖然恢復了，眼前卻不是魔王城。比起白色，更接近淺灰色的空間。僅僅由直線構成，沒有任何複雜的形狀。看起來只是用兩條線畫成的道路，延伸至前方。

艾米爾不在。意思是她一個人被傳送到這邊了？

「這裡是，妳的記憶。」

「這裡是，妳的紀錄。」

「這裡是，妳的世界。」

「這裡是，妳的世界。」

唯有那兩個混帳東西的聲音沒變。你們才給我滾一邊去——她才剛開口就閉上嘴巴。使勁揮劍。有魔物。好幾隻魔物。

「魔物。型態化的人類靈魂。」

「這是根據紀錄重現的資料。」

「妳一直以來殺的是真正的人類。」

「妳一直以來殺的是真正的人類。」

她知道。無論是真人還是假貨都不重要。她決定要殺光魔物，所以動手了。就這麼簡單。

殲滅眼前的魔物後，又出現一個箱子。黑色的箱子，形狀跟剛才的一樣。凱寧果斷地揮劍。

『小P！住手！可以了！』

『要是你不在，我該怎麼辦？』

『我又要變成一個人了！這樣好寂寞！』

又是她聽過的聲音。巨大的機器人倒在地上，旁邊有隻小小的魔物。

「可惡！幹這種低級的事。」

小小的魔物跑向這邊。她殺了牠，也殺了機器人。

「妳聽過各式各樣的聲音。」

「恐懼、憎恨、憤怒、痛苦。」

每當少年少女說出帶有諷刺意義的話語，魔物就會出現，箱子就會出現。每當凱寧殺掉魔物、破壞箱子，就會聽見她知道的聲音。她知道的敵人。

「那些都是有意義的。」

「那些都是有意義的。」

全是聽過的聲音，再也不想聽見的聲音，不管有無意義。

「閉嘴！閉嘴！閉嘴！」

她揮劍的力道，足以使拿劍的手發麻。

「我要殺了魔物！殺掉就對了！」

她的攻擊持續到眼前的魔物消失。神奇的是，並不覺得疲憊。被魔物擊中時雖然會痛，再怎麼奔跑都不會累。真是奇怪的場所。

「妳對這個世界而言是異類。」

「記憶與紀錄的差異會產生錯誤。」

凱寧朝噁心的聲音怒吼。

「誰聽得懂你們在說什麼鬼話！天殺的臭小鬼！」

抬頭一看，少年少女飄在空中。與黑色箱子一同。被人從高處俯視，凱寧心裡頓時燃起一把火。

「妳的記憶的最深處。」

「妳將其封印的記憶。」

講這種惹人厭的話。

「這是妳……最慘痛的記憶。」

「這是妳……最慘痛的記憶。」

聽見「最慘痛」一詞，凱寧提高戒心。少年少女碰觸黑色箱子。箱子化為粉末，霧氣溢出。巨大魔物從中出現。

「你是……」

殺掉祖母的魔物就在那裡，理應已經被凱寧殺掉的魔物。

「要我殺掉你幾次都可以！」

砍了你，把你砍成碎屑。

「我們升級了從妳的記憶重現的資料。」

「妳能打倒這個惡夢嗎？」

她無視那兩個臭小鬼。只有這傢伙要打倒，不管幾次都要打倒。

這傢伙……對，有另一個人在。揍飛這傢伙的時候，應該還有另一個人在。有人給了牠最後一擊。

「該死！想不起來！」

凱寧遭到直擊，飛了出去。她站起身，眼冒金星。在她面前的並非魔物，是人類，而且……還是崖之村的村民。

『可恨的女人快滾！』

『是妳把魔物叫來的吧？』

『妳被詛咒了！』

村民同時襲來。這些傢伙明明只會背地說人壞話，現在卻在逼近凱寧。

「混帳東西！我……才不會被你們這種貨色……」

幹掉——她原本想如此吶喊。村民的身影消失，巨大魔物抬起長著鉤爪的尾巴。

沒閃掉，身體發麻，站不起來。就算站起來也跑不了，連路都走不好。

又一波攻勢。凱寧不僅沒閃過，還狼狽地倒在地上，手腳都不聽使喚。

『妳這種東西才不是人類！』

『別靠近我！怪物！』

『快滾出去！』

村民在對她扔石頭，挾帶著怒罵聲一起。很痛。怒罵聲砸在身上，跟石頭一樣痛。每次都痛得凱寧呻吟出聲。

「閉嘴閉嘴閉嘴閉嘴閉嘴！我……我……！」

黏稠的泥巴糊住雙眼，黑暗隨著灼燒般的疼痛降臨。

睜開眼睛。好亮。凱寧一口氣跳起來，環視周遭。

凱寧：怎麼了⁉到底發生什麼事……我應該在跟魔物戰鬥才對……

右手下意識尋找著劍。不過，映入眼簾的是跟剛才所在的場所截然不同的景色。風向雞、吊橋、水塔型的民宅。村民帶著一臉「妳在發什麼呆啊？」的表情注視凱寧。這裡毫無疑問是她的故鄉。崖之村。

祖母：怎麼啦？

聽到熟悉的聲音，凱寧回過頭，看見彎腰駝背的嬌小身軀。披著用了好幾年，已經破破爛爛的披肩。

凱寧：真的是……奶奶嗎……？

祖母：怎麼啦，凱寧……作夢了嗎？

這是夢嗎？祖母很擔心的樣子。披肩隨風搖晃。她不覺得是夢。可是祖母……應該被魔物殺掉了。該不會——

凱寧：是嗎……我死了。

祖母：別亂講話！

祖母舉起拳頭。凱寧反射性閉上眼，卻沒有感覺到想像中的疼痛，祖母的手撫上凱寧的臉頰。布滿皺紋的手傳來的溫暖，擴散至全身。

凱寧：抱歉，講了奇怪的話。我沒事了。

祖母：是嗎？

無論這裡是夢境還是死後的世界，都無所謂。只要奶奶在就好。凱寧慢慢放鬆下來。

祖母：回家吧。幫我拿著這個。

祖母遞出的袋子裝滿蔬菜及水果。她笑著說「偶爾得吃點好東西」。看來是來採購食材的。村民雖然不會給她們好臉色看，東西還是會願意賣。畢竟對方也要做生意。

祖母：糟糕。忘記買藥了。

凱寧：我去買。妳先回家吧。

祖母：真的沒問題嗎？

祖母擔心地問，她似乎還在在意剛才的事。

凱寧：我不會有事的。

凱寧略顯強硬地拿走祖母手中的錢包，她不想害祖母操心。

凱寧：而且，妳很清楚我決定要做什麼後就沒人勸得動吧？

祖母：哼，是啊，也不知道是像誰。

祖母無奈地笑著，轉身離去，凱寧目送她離開後才前往藥店。

藥店店長：歡迎光臨。要買卡莉的藥嗎？

藥店店長跟祖母是老相識。或許是因為這樣，店長對凱寧很溫柔。

凱寧：嗯，麻煩了。

店長熟練地開始調藥，懷念的獨特香氣於店內擴散。過沒多久，店長將藥袋遞給凱寧。

藥店店長：對了，卡莉非常喜歡妳畫的肖像畫。她還把畫帶到店裡跟我炫耀。

那張畫只是心血來潮之作。根本沒資格拿給別人看。

藥店店長：是張很棒的畫。

凱寧感到困惑。講這種話是想安慰她嗎？店長大概是察覺到凱寧的心情，接著說。

藥店店長：是張充滿心意的好畫。

她不習慣被稱讚，感覺怪彆扭的。凱寧只說了句謝謝，便離開藥店。得叫祖母別把畫帶出去。她邊想邊握住門把，背後傳來巨響。轉頭一看，店長蹲在地上。

凱寧：怎麼了，沒事吧？

藥店店長：啊啊！腳！我的腳！

凱寧跑到店長身邊，發現他的腳消失了。

藥店店長：救、救救我！

店長緊抓著凱寧，手指一根又一根地崩解。

藥店店長：我、我的手……救命……

店長的臉連同呼救的嘴巴一起崩解。眼球掉出，脖子出現裂痕，最後全身都碎成粉末。凱寧一句話都說不出，嚇得後退。外面傳來慘叫聲。她衝到店外，眼前是惡夢般的景象。

固定在懸崖上的水塔接連掉落。四處逃竄的村民一個個化為灰燼，散落於空中。失去主人的衣服隨風飄動。

凱寧：奶奶呢!?

凱寧在逐漸毀滅的村子中狂奔。得快點回家。被風吹起的灰燼遮蔽視線，儘管如此，她的腳仍然沒停下。灰。灰。灰。人類和建築物通通成了灰燼。

凱寧：奶奶！

她的家不復存在。與祖母共同生活的家變成灰燼。

祖母：凱……寧……

奶奶還活著！她撥開灰燼，將祖母挖出來。

凱寧：奶奶！我們快逃！

她抱起祖母奔跑。不斷奔跑，以逃出崩壞的村子。灰燼的海嘯從背後逼近。凱寧的腳絆了一下，摔倒在地。右腳膝蓋以下的部分灰飛煙滅。

凱寧：只不過少了一隻腳……！

凱寧雙手抱住奶奶，試圖只靠一隻左腳跑步。

凱寧：絕對要，活著從這裡……

懷裡的重量突然消失，灰燼灑落一地。

凱寧：怎麼會！奶奶！奶奶！

她拚命收集灰燼。然而，已經分不出哪些才是祖母了。

凱寧：這裡是我的容身之處！

拚命挖掘灰燼的凱寧，抓住了一個東西。是祖母的披肩。

凱寧：住手！

她知道這個地方是虛假的。可是，她什麼都做不到。無法逃跑，也無法拯救。想沉浸在這安穩的氛圍中。因此才會失去一切。失去活下去的理由，也失去活下去的目的。所以，我……

？？？：喂。

好像聽見聲音。

？？？：喂，聽得見嗎？

又聽見聲音了。這次聽得很清楚。是聽過的聲音。

？？？：妳不是要把那傢伙帶回來嗎？

凱寧：那……傢伙……是誰？

？？？：真是麻煩的女人。

這種話中有話的說話方式聽了真討厭。但不知為何，心裡好溫暖。

？？？：一起旅行的夥伴，對吧？

有什麼東西從記憶深處湧現。

凱寧：沒錯……我有夥伴。我……是為了奪回夥伴而戰！

光芒照進被灰燼掩埋的世界。凱寧朝那束光伸出手。

？？？：快給我回來！妳這臭內衣女！

那隻該死的巨大魔物近在眼前，用力揮下的尾巴襲來。尾巴停在空中。一根形似黑色長槍的東西刺在上面。是魔力長槍。凱寧知道這個魔法。

尾巴被刺穿的巨大魔物身體後仰，放聲咆哮，倒在地上翻滾。使用這個魔法的是……

轉頭一看，空中飄著一本書。封面有張臉的書，輕飄飄地飄在空中。

「怎麼了？還想不起來嗎？」

她無意間伸出手，就在這時，巨大魔物從地上爬起來，不死心地揮下尾巴。

「沒時間沉浸在回憶中了。」

「嗯，我要把那傢伙帶回來！」

麻痺的四肢恢復力量。

「用我的魔法，知道要怎麼用吧？」

她點頭。杜蘭消失前，她用魔法用得跟呼吸一樣自然……儘管技術並不好。

「放手去做吧。」

不用你說，她知道。白書的魔法華麗得足以用誇張形容，又吵又強大無比。她見識過好幾次……所以她知道。

「小白……」

要是沒有白書，自己肯定會就這樣被虛假的故鄉吞噬，沉溺於幻覺中消失。

「謝謝你。」

「妳吃壞肚子了嗎？」

他還是老樣子。嘴巴毒，愛說教，難搞得不得了……因此，凱寧也用跟過去一樣的話語回應。

「小心我撕爛你，臭廁紙！」

「這樣才對。」

射出魔力子彈，射出長槍。吸收巨大魔物釋放的魔法彈，反彈回去。全是再熟悉不過的魔法。

或許是因為她太得意忘形，只顧著用魔法攻擊，凱寧忘了防禦。她不小心被魔法彈擊中，倒在地上。凱寧急忙起身……看見一群村民。

「別又被幻覺騙到，內衣女！」

「我知道！我不會再迷惘了！」

她拉近距離，揮劍橫掃。一個接一個。這些傢伙不是人類，是巨大魔物製造的幻影。那傢伙最擅長用幻影擾亂人心這種卑鄙的手段。剛才她忘記了，被騙過一次，不會再讓牠得逞。

村民消失。凱寧對變虛弱的巨大魔物擲出魔力長槍。這時，白書突然開口。

「喂……內衣女，妳知道嗎？妳要做的事是……」

知道。剛才那兩個臭小鬼講了一堆記憶、世界之類的無聊廢話，凱寧覺得很煩，於是便假裝沒發現，其實她早就知道了。這裡是記憶的世界，是世界的記憶。在這裡對上的敵人，雖然被少年少女稍微改造過，確實存在於自己的記憶中。

她明白。取回失去的記憶，代表要違反「什麼」，會伴隨巨大的風險。她全都明白，因此凱寧怒吼道：

「管他的！我已經決定了！」

長槍凝聚在一起，朝巨大魔物飛去。

「是嗎……」

巨大魔物甩動著尾巴。她對白書大叫：「攻擊見效了！」

「一口氣打倒牠！」

「嗯，我要為這一切劃下句點！」

魔力手臂揮向巨大魔物。跟那一天，她在崖之村看見的攻擊如出一轍。手臂抓住魔物，使勁勒緊，將牠扔出去，緊接著使用魔法。少年少女逐漸在凱寧及白書釋放的光芒中融化。

「這就是人工生命的可能性！」

「可能性的未來和現實的時間在交錯！」

「看見光芒……」

「聽見歌聲……」

少年少女不知為何帶著愉快的表情消失，直到最後都搞不懂他們。巨大魔物癱倒在面前。凱寧在吶喊「最後一擊」時，聽見了聲音。

『……凱寧……不行……』

跟夢中一樣的少年聲音，想起來了。記憶鮮明地浮現腦海。在崖之村相遇，被誤認為魔物，跟他交戰，讓他協助自己復仇，最後成為同伴。加入了拯救他妹妹的旅程。村莊遭到襲擊，變成石頭，石化解除後與他重逢……再度踏上旅程。

她記得。有難過的回憶，也有痛苦的回憶，更多的是開心的回憶。因為是夥伴，僅僅是一起旅行，就很開心。

『回去……妳……不能再……』

不能？你說不能？叫我回去？少胡說八道了！

「我決定了！不會聽任何人的指示！我已經決定要成為劍！我已經決定要成為你的劍！絕對絕對絕對要把你帶回來！開什麼玩笑！竟敢擅自消失！竟敢擅自消失！你在搞什麼鬼！我的生存意義由我自己決定！要如何使用這條命也是我的自由！所以！」

凱寧把想說的話一口氣說完後，使用強力的魔法。她連自己用的是什麼魔法都不知道。魔法掐住巨大魔物，慢慢壓扁牠。

「快給我回來！你這個……」

轟鳴聲蓋過接下來的話語。然而，凱寧確實抓住了「它」。世界記憶的片段。她想取回的碎片。於此時此刻取回的……重要之人。

「剩下就……交給妳了，內衣女。」

她對逐漸消失的白書點頭，呼喚那個名字。

4

箱子散發強大的魔力。他認為那個箱子就是元凶。假凱寧和阻擋去路的魔法陣，都是以那個箱子的魔力為動力，因此艾米爾才會建議破壞掉它。

我錯了嗎？快要哭出來的艾米爾思考著。

凱寧砍了好幾劍後，白色箱子裂開，魔王城開始崩塌。本以為這樣那些「狗屎」就會不見，消失的卻不是他們。不對，他們也跟著消失了。

凱寧消失了。本想跟凱寧一起逃出崩塌的魔王城，她卻消失得不見人影。

艾米爾拚命飛來飛去，閃躲砸下來的牆壁及地面，不停呼喚凱寧的名字。

明明說過不想再孤孤單單的了，明明約好了。

三年前，在魔王城被失控的魔力捲入，炸飛出去後，他一直是單獨行動……

艾米爾不安地忍不住呼喚「姊姊」。由於聲音帶著哭腔，他急忙搖頭。

「沒事的，我不會再哭了。因為我和姊姊約好了。」

我希望你常保笑容——他想起哈爾雅那句話。那一天，艾米爾差點被殘暴的魔力壓垮時，是哈爾雅保護了他。

『艾米爾，起來。快起來。』

身體已經碎裂，意識也模糊不清。要是沒聽見哈爾雅的聲音，艾米爾想必會直接委身於死亡。

『我來履行約定了。』

那個聲音、那個身影，跟在地下的實驗設施融合時一樣，溫柔又令人懷念。

『我不是說過嗎？會一直守護你。身為姊姊，保護弟弟是應該的。』

然而，她的聲音及身影突然變得模糊不清，

『對不起，我的魔力好像撐不住了。可是，我會永遠陪在你身邊，永遠守護你。』

融合過後，雖然他們無法交談，艾米爾認為哈爾雅確實存在於自己體內。他感覺得到，哈爾雅一直在守護自己。所以他明白。現在哈爾雅用盡了魔力，即將消失。

『艾米爾，別哭。我希望你常保笑容。』

他只能鬧著脾氣大喊不要，哭哭啼啼。他知道，這次真的要分開了。

『答應我，連我的份一起……活下去。』

哈爾雅的聲音隨風而逝。下一刻，艾米爾飛出了魔王城。失去身體，只剩下頭部，醒來時掉在沙漠中。

即使如此，他還是活了下來。因此，他踏上了旅程。要製造新的身體，再去見大家。不會再哭了，要笑著活下去……因為這是跟姊姊的約定。因為他想再見到大家。

孤身一人的旅途持續了三年。他成功做出新身體……雖然因為努力過頭的關係，不小心做出四隻手臂，總之這樣就能再跟大家一起旅行了，艾米爾便以重要之人居住的村子為目的地。

他在神話森林感覺到奇怪的魔力，前去確認情況，遇見了凱寧。他們終於重逢，約好要一起尋找被遺忘的「某人」……可是──

「凱寧姊……凱寧姊──！」

艾米爾不曉得自己飛到哪去了。回過神時，他人在室外。碧空如洗。

「風在震動？」

聽見地鳴。艾米爾飛上高空。他知道有異狀正在發生，艾米爾飛向異狀的源頭。

森林在搖晃。森林裡的樹木劇烈震動，鳥兒一同飛起。

「神話森林發生了什麼事嗎？」

古老巨樹應聲倒下，地鳴愈來愈激烈。樹木發出劈啪聲一棵棵倒下，形似白色高塔的東西從地面升起。白色高塔高度漸增，變得比北方平原的岩山更加高大。

「那是什麼？」

艾米爾接近那座白色高塔，想看仔細一點。這段期間，白色高塔仍在變高，成長到直入雲端的高度。艾米爾飛向頂端。

神祕的形狀。頂端是尖的，如同……沒錯，如同一朵含苞待放的花。

高塔頂端忽然出現看似裂痕的痕跡。

「是花！花要開了！」

白花綻放。高聳入雲的花蕾，變成跟北方平原一樣大的花。

「那是……」

花的中心有人，他一眼就看出是凱寧。成功奪回了，奪回珍貴的回憶，重要之人。就算隔了這麼遠的距離，他也不可能看錯。因為那是他們相遇時的模樣，儘管艾米爾是第一次看見，他仍然認得出是那個人。

記憶恢復。回憶起遺忘許久的名字。他心想，這麼做說不定是不被允許的。有種違抗了什麼的感覺。不過——

不被允許也無妨。做錯了也無妨。
重要之人存在於此，這樣就夠了。
……即使未來會為這個選擇而感到後悔。

奇炫館

尼爾：人工生命 ver.1.22474487139...《型態計畫回想錄》File02

（原名：NieR Replicant ver.1.22474487139...《ゲシュタルト計画回想録》File02）

著　　者／映島巡　　插　　畫／吉田明彥、板鼻利幸
執 行 長／陳君平　　譯　　者／Runoka　　企劃宣傳／陳品萱
榮譽發行人／黃鎮隆　　美術總監／沙雲佩　　國際版權／黃令歡、高子甯
協　　理／洪琇菁　　美術編輯／李政儀　　文字校對／施亞蒨
總 編 輯／呂尚燁　　執行編輯／石書豪　　內文排版／謝青秀

出　　版／城邦文化事業股份有限公司 尖端出版
台北市中山區民生東路二段一四一號十樓
電話：（〇二）二五〇〇—七六〇〇
傳真：（〇二）二五〇〇—二六八三
E-mail：7novels@mail2.spp.com.tw

發　　行／英屬蓋曼群島商家庭傳媒股份有限公司城邦分公司 尖端出版
台北市中山區民生東路二段一四一號十樓
電話：（〇二）二五〇〇—七六〇〇（代表號）
傳真：（〇二）二五〇〇—一九七九

中彰投以北經銷／楨彥有限公司（含宜花東）
電話：（〇二）八九一九—三三六九
傳真：（〇二）八九一四—五五二四

雲嘉以南／智豐圖書有限公司
（嘉義公司）電話：（〇五）二三三—三八五二
傳真：（〇五）二三三—三八六三
（高雄公司）電話：（〇七）三七三—〇〇七九
傳真：（〇七）三七三—〇〇八七

香港經銷／城邦（香港）出版集團有限公司
香港灣仔駱克道一九三號東超商業中心一樓
電話：（八五二）二五〇八—六二三一
傳真：（八五二）二五七八—九三三七
E-mail：hkcite@biznetvigator.com

新馬經銷／城邦（馬新）出版集團 Cite（M）Sdn. Bhd.
E-mail：cite@cite.com.my

法律顧問／王子文律師 元禾法律事務所
台北市羅斯福路三段三十七號十五樓

二〇二一年七月一版一刷
二〇二三年九月一版二刷

■中文版■

郵購注意事項：
1.填妥劃撥單資料：帳號：50003021戶名：英屬蓋曼群島商家庭傳媒(股)公司城邦分公司。2.通信欄內註明訂購書名與冊數。3.劃撥金額低於500元，請加附掛號郵資50元。如劃撥日起 10～14日，仍未收到書時，請洽劃撥組。劃撥專線TEL：(03)312-4212 ・ FAX：(03)322-4621。E-mail：marketing@spp.com.tw

國家圖書館出版品預行編目資料

尼爾：人工生命 ver.1.22474487139...《型態計畫回想錄》File02 / 映島巡作；Runoka 譯. -- 1 版. -- 臺北市：城邦文化事業股份有限公司尖端出版：英屬蓋曼群島商家庭傳媒股份有限公司城邦分公司發行, 2022.07

面； 公分

譯自：NieR Replicant ver.1.22474487139...《**ゲシュタルト計画回想録**》File02

ISBN 978-626-338-018-9（平裝）

861.57 111007144